Tom Sawyer en el Extranjero

Por

Mark Twain

Capítulo 1

Tom busca nuevas aventuras

¿Creéis que Tom Sawyer estaba contento después de todas aquellas aventuras? Quiero decir, las aventuras que corrimos por el río, en los tiempos en que liberamos a nuestro negro Jim, y Tom fue herido en la pierna de un disparo). No, no estaba satisfecho. Eso sólo le hacía desear más. Tal fue el efecto que tuvieron aquellas aventuras. Veréis: cuando los tres descendíamos por el río cubiertos de gloria, como podría decirse, después de aquel largo viaje, y el pueblo nos recibió con una procesión de antorchas y discursos, con toda la gente vitoreando y aplaudiendo, algunos hasta se emborracharon, y nos convirtieron en héroes…, aquello era lo que Tom Sawyer había ansiado ser desde siempre.

Durante cierto tiempo estuvo satisfecho. Todo el mundo hablaba bien de él, y Tom levantaba orgulloso la nariz, y se paseaba por todo el pueblo como si le perteneciera. Algunos le llamaban Tom Sawyer, el viajero, y eso le hacía hincharse tanto que parecía a punto de reventar. Se mofaba bastante de mí y de Jim, pues nosotros habíamos bajado el río sólo con una balsa, y volvíamos en un barco de vapor, mientras que Tom había ido y vuelto en vapor. Los muchachos nos tenían mucha envidia a Jim y a mí, pero ¡demonios!, ante Tom sucumbían.

Bueno, yo no lo sé; tal vez habría estado contento si no hubiera sido por el viejo Nat Parsons, el jefe de correos, enormemente largo y delgado; parecía un tipo de buen corazón, tonto y calvo debido a su edad. Tal vez el animal viejo más parlanchín que yo haya visto jamás.

Durante más de treinta años, había sido el único hombre en el pueblo que tenía una reputación…, quiero decir, la reputación de ser un viajero y, por supuesto, estaba mortalmente orgulloso de ello, y se sabía que, a lo largo de esos treinta años, habría contado todo sobre sus viajes por lo menos un millón de veces, y siempre había disfrutado haciéndolo. Y ahora llegaba un muchacho, que no había cumplido los quince años, y tenía a todo el mundo embobado y admirado por sus viajes, y al pobre viejo se le ponían los pelos de punta. Le ponía enfermo escuchar a Tom y oír a la gente exclamar: «¡Demonios! ¡Habrase visto! ¡Por Dios santo!» y toda clase de cosas, pero no podía dejar de oírle: no era más que una mosca con la pata de atrás atrapada en melaza. Y siempre que Tom descansaba, la pobre criatura metía la cuchara, y contaba sus mismos antiguos viajes, y hacía que durasen lo más posible, pero ya estaban bastante desvaídos y no daban para más, lo cual era algo muy triste de ver. Entonces le tocaba a Tom otra vez, para luego seguir el anciano de nuevo… y continuar así, durante una hora o más, cada uno intentando hacer sudar al otro.

Veréis, los viajes de Parson sucedieron de la siguiente manera: Cuando consiguió su puesto de jefe de correos y todavía estaba verde en el asunto, recibió una carta para alguien que no conocía, y que tampoco existía en el pueblo. Bueno, pues él no tenía ni idea de qué hacer o cómo actuar, y allí se quedó la carta, se quedó una semana tras otra, hasta que el mero hecho de mirarla le daba retortijones secos. No estaba pagado el franqueo, y ésa era otra cosa que le preocupaba. No había forma de juntar esos diez centavos, y le parecía que el gobierno le haría responsable de ella y que, aparte de eso, le pedirían que se fuera cuando supieran que no había recaudado esa suma. Bueno, por fin, no pudo soportarlo más. No podía dormir por las noches, no podía comer, estaba más delgado que su sombra. Sin embargo, no pedía consejo a nadie, pues pensaba que cualquier persona a la que se lo solicitara podría traicionarle y denunciar el asunto de la carta al Gobierno. La tenía enterrada bajo el suelo, pero aquello tampoco le servía de mucho, pues, si veía a una persona de pie sobre el escondite, empezaban a darle escalofríos y le abrumaban las sospechas; así que permanecía sentado hasta que el pueblo estaba ya tranquilo y todo era oscuridad, para salir a hurtadillas hasta el sitio, quitar la carta de allí y enterrarla en otra parte. Por supuesto, la gente comenzó a evitarle, movían las cabezas y murmuraban, pues, por su forma de actuar y el aspecto que tenía, creyeron que había matado a alguien o que había hecho algo que ellos no sabían y, si hubiera sido un forastero, le habrían linchado.

Bueno, como iba diciendo, la situación se le volvió insoportable; así que se decidió y salió para Washington, para ir a ver al presidente de los Estados Unidos y confesarle toda la verdad, sin guardarse un solo átomo de ella, y luego sacar la carta y presentarla ante el gobierno en pleno, diciendo: «Bueno, aquí está. Haced conmigo lo que tengáis que hacer, y que el cielo me juzgue, porque soy un hombre inocente y no merezco todo el peso de la ley; dejo tras de mí una familia que se morirá de hambre, y sin embargo no tengo nada que ver en este asunto. Todo lo que digo es la pura verdad, y puedo jurarlo».

De manera que así lo hizo. Hizo un pequeño recorrido en barco de vapor, luego en una diligencia, pero todo el resto del camino tuvo que hacerlo a caballo. Le llevó tres semanas llegar hasta Washington. Vio muchas tierras, poblados y cuatro ciudades. Estuvo fuera durante más de ocho semanas, y cuando regresó, no había en el pueblo un hombre más orgulloso de su hazaña. Los viajes le convirtieron en el hombre más famoso de toda la región, y todo el mundo hablaba de él; la gente venía desde más de cincuenta kilómetros de distancia, y desde las afueras de Illinois también, sólo para verle… Entonces se quedaban mirándole, embobados, y él farfullaba sus historias. Nunca habréis visto algo parecido.

Bueno, pues ahora ya no había manera de establecer quién había sido el mayor viajero; unos decían que era Nat, otros opinaban que era Tom. Todo el mundo estaba de acuerdo en que Nat había visto más longitud geográfica, pero tenían que admitir que lo que Tom había perdido en longitud, lo había ganado en latitud y en clima. Para mantener las distancias, ambos tenían que armar jolgorio contando sus peligrosas aventuras, y de esa manera, sacar ventaja. La herida de bala en la pierna de Tom representaba para Nat algo muy duro contra lo que tenía que competir, pero lo hacía lo mejor que podía; era una desventaja, también, porque Tom no se quedaba quieto sentado como debería, para que la competencia fuese justa, sino que no hacía más que levantarse y dar saltos por ahí, luciendo su cojera, mientras Nat intentaba adornar la aventura que había tenido una vez en Washington. Tom no abandonó su cojera ni cuando su pierna se hubo curado, sino que practicaba en casa por las noches, y la mantenía como si fuese reciente, caminando así por todas partes.

Tengo que decir esto sobre la historia de Nat: él sabía cómo contarla. Podía lograr ponerle la carne de gallina a cualquiera, volverle a uno pálido o que contuviese la respiración mientras la contaba. A algunas mujeres y niñas les entraba un desvanecimiento que apenas podían aguantarlo. Bueno, la historia fue de esta manera, si mal no recuerdo:

Había llegado galopando hasta Washington y, tras dejar su caballo en algún sitio, se dirigió hasta la casa del presidente, con la carta en el bolsillo. Allí le dijeron que este último se hallaba en el Capitolio y que estaba a punto de marcharse para Philadelphia. No tenía un minuto que perder si quería pescarle. Nat casi se desploma, de tan enfermo como se puso. Su caballo estaba recuperándose, y él no sabía qué hacer. Pero, justo en ese momento, llegó un negro conduciendo un viejo coche con un jamelgo maltrecho, y entonces Nat vio su oportunidad. Salió corriendo y gritó:

—¡Te daré medio dólar si me llevas al Capitolio en media hora, y un cuarto extra si llegamos allí en veinte minutos!

—¡Hecho! —dijo el negro.

De un salto, Nat subió al coche dando un portazo, y se fueron hacia allá a toda velocidad, cayéndose a pedazos, dándose topetazos y rebotando, por el camino más lleno de baches que un tipo haya visto jamás. Nat deslizó sus brazos a través de las argollas, y permaneció esperando lo que fuese, la vida o la muerte, pero muy pronto el coche tropezó con una roca, y saltó volando por los aires, el fondo se rompió, y cuando volvió a bajar, los pies de Nat estaban tocando el suelo. Entonces se dio cuenta de que estaba en el peligro más desesperado si no podía mantenerse encima del coche. Estaba terriblemente asustado, pero insistió en aferrarse a las argollas con todas sus fuerzas, haciendo que sus piernas francamente volaran. Comenzó a chillar y a pedir a gritos al conductor que se detuviera, y eso también era lo que hacía la multitud que se encontraba en las calles, pues podían ver a través de las ventanas las piernas girando como trompos bajo el coche, y su cabeza y hombros meneándose dentro de él. Nat sabía que estaba corriendo un peligro espantoso; pero cuanto más gritaban todos al negro, más chillaba éste y fustigaba a los caballos, y el jolgorio era aún mayor: «¡No se ponga nervioso, yo le haré llegá a tiempo, patrón, lo haré, seguro!». Veréis, el negro creía que estaban todos metiéndole prisa, y, claro, no podía ver nada del jaleo que estaba organizando. De manera que allá se fueron, a toda prisa, y todo el mundo se quedaba helado y petrificado al verlos; cuando por fin llegaron al Capitolio, la gente consideró que aquél había sido el viaje más rápido que pudiera haberse llevado a cabo jamás. Los caballos se tumbaron en el suelo, y Nat se cayó; estaba completamente agotado, y entonces todos tiraron de él para sacarle del coche. Cuando salió, estaba cubierto de polvo, con la ropa hecha andrajos y descalzo; pero llegó a tiempo, justo a tiempo, luego dio alcance al Presidente, le dio la carta y todo se arregló. El presidente le concedió el perdón sobre el asunto, y Nat entregó al negro dos cuartos extra, en lugar de uno, porque se dio cuenta de que, de no haber tenido el coche, no habría llegado allí a tiempo, ni a ningún sitio cercano tampoco.

La aventura era increíblemente buena, y Tom Sawyer tenía que animar mucho su historia sobre la herida de bala, si quería competir con la de Nat y que el final fuese mejor.

Bueno, al cabo de poco tiempo, la gloria de Tom fue palideciendo gradualmente, como consecuencia de otros hechos que sucedieron y dieron mucho que hablar a la gente: Primero, una carrera de caballos, luego una casa en llamas, más tarde el circo, luego una gran subasta de negros, y encima de todo eso, un eclipse. Aquello dio lugar a un nuevo rollo, como ocurre siempre, y para entonces Tom ya no tenía de qué hablar: nunca habréis visto a una persona tan enfadada y disgustada. Muy pronto comenzó a preocuparse y a angustiarse todo el tiempo, todos los santos días, y, cuando yo le preguntaba qué era lo que le tenía en aquel estado de ánimo, me contestaba que le partía el corazón el pensar cuánto tiempo se le iba escapando, que iba haciéndose cada vez más mayor, no estallaban guerras, y no veía la manera de crearse una buena reputación. Ésa es siempre la manera de pensar de los muchachos, pero Tom era el primero que yo había oído que saliera a declararlo.

Así que se puso a maquinar un plan que lo hiciese famoso, y muy pronto dio con él; luego nos lo presentó, para que Jim y yo participásemos también. Tom Sawyer era siempre así de desprendido y generoso. Hay por ahí muchos chicos que son muy amables y amistosos cuando tú tienes algo bueno, pero cuando las cosas buenas les vienen a ellos, entonces no te dicen una palabra y quieren acapararlas para ellos solos. Yo puedo decir que eso no iba con Tom.

No faltan muchachos que, cuando tienes una manzana, vienen ansiosamente a lloriquear a tu alrededor, rogándote que les des el corazón. Pero cuando son ellos los que tienen una, y tú vas y les pides el corazón, recordándoles que tú se lo habías dado la vez anterior, te miran y te dan las gracias efusivamente, pero no habrá corazón para ti. También he notado que se atiborraban de ellos, y todo lo que había que hacer era esperar. Jake Hooker era uno de ésos, y no pasaron dos años hasta que se ahogó.

Bueno, pues salimos hacia los bosques en la colina, y Tom nos contó de qué se trataba: era una cruzada.

—¿Qué es una cruzada? —pregunté yo.

Me miró con desdén, de esa manera que suele hacerlo como cuando está avergonzado de una persona, y me dijo:

—Huck Finn, ¿quieres decirme que no sabes lo que es una cruzada?

—No —respondí—. No lo sé. Y tampoco me importa. He vivido hasta ahora, con buena salud, y me las he arreglado muy bien sin saberlo. Pero, en cuanto me lo digas, lo sabré, y eso será muy pronto. De todas maneras, no veo el sentido en descubrir cosas y atascar con ellas mi cabeza, si tal vez nunca tendré ninguna oportunidad de vivirlas. Ahí tienes a Lance Williams que aprendió a hablar choctaw y nunca apareció un choctaw por aquí, hasta que llegó aquel que le cavó su tumba. Vamos a ver, ¿qué es una cruzada? Pero te diré una cosa antes de que empieces; si es un derecho de patente, no podemos sacar dinero de eso. Bill Thomson, él…

—¡Derecho de patente! —exclamó Tom—. ¡Vaya! Nunca en mi vida he visto semejante idiota. Una cruzada es una especie de guerra.

Creí que se había vuelto loco. Pero no, lo decía completamente en serio, y prosiguió con absoluta calma:

—Una cruzada es una guerra para reconquistar la Tierra Santa a los infieles.

—¿Qué Tierra Santa?

—Pues… la Tierra Santa. No hay más que una.

—¿Pero para qué la queremos?

—¡Pero bueno! ¿Es que no lo entiendes? Está en manos de los infieles, y es nuestro deber arrebatársela.

—¿Y cómo es que hemos permitido que se quedasen con ella?

—No les hemos permitido nada. Ellos siempre la tuvieron.

—¡Vaya, Tom! Entonces será de ellos, ¿no crees?

—Por supuesto que sí, ¿quién ha dicho lo contrario?

Reflexioné sobre eso, pero no había forma de entenderlo. Entonces dije:

—Esto es demasiado para mí, Tom Sawyer. Si yo tuviera una granja, que fuese mía, y otra persona la quisiera, ¿tendría él derecho a que…?

—¡Oh, caray! Ni siquiera sabes cuándo entrar si llueve, Huck Finn. No es una granja, es algo completamente diferente. Verás, es algo así: la tierra les pertenece, pero sólo la tierra, sólo eso. Pero fueron nuestras gentes, los judíos y los cristianos, los que la convirtieron en santa, así que ellos no tienen nada que hacer allí profanándola. Es una vergüenza, y nosotros no deberíamos soportarlo un minuto más. Deberemos ir contra ellos y arrebatársela.

—Pues me parece la cosa más enrevesada que jamás haya oído. Vamos a ver, si yo tuviese una granja…

—¿No te he dicho que no tiene nada que ver con una granja? La labranza es un negocio: sólo un cuestión corriente, marrana y mundana, eso es lo que es, y eso es todo lo que se puede decir de ella; en cambio, esto es mucho más elevado, es algo religioso y totalmente diferente.

—¿Es un asunto religioso ir y arrebatar la tierra a la gente que la posee?

—Naturalmente, siempre ha sido considerado como tal.

Jim movió la cabeza, y dijo:

—Amo Tom, me parese que debe habé un erró en alguna parte, seguro que sí. Yo mimo soy religioso, y conoco mucha gente religiosa, pero no me he topao con nadie que haga esa cosa.

Aquello enfureció a Tom, que dijo:

—¡Bueno, semejante ignorancia es suficiente para enfadar a cualquiera, merluzos! Si alguno de vosotros supiese algo de historia, sabríais que Ricardo Corazón de León, el Papa y Godofredo de Bullón, y muchas de las gentes piadosas y de corazón más noble del mundo, durante más de doscientos años, han despedazado infieles a hachazos y mazazos, intentando arrebatarles la tierra, nadando en sangre hasta el cuello durante todo el tiempo, y sin embargo, aquí tenemos a un par de campesinos patanes con sesos de mosquito, en los tupidos bosques de Missouri, pretendiendo saber mejor que ellos si está bien o está mal lo que han hecho. ¡Vaya cara!

Bueno, aquello hizo que comenzáramos a ver la cuestión de un modo diferente. Jim y yo nos sentimos bastante vulgares e ignorantes, ojalá no hubiéramos estado tan jocosos al respecto. Yo no pude decir nada durante un rato, y Jim tampoco; pero en seguida dijo:

—Bueno, entonse creo que está bien, porque si ello no lo sabían, no sirve de nada que uno pobre inorante como nosotro, lo supiéramo. É nuestro debé atacá y hasé lo mejor que podamo. Al mismo tiempo, siento pena por eso pagano, porque…, amo Tom, la parte má difísil de todo esto é matá gente que a uno le resulta extraña y que no le ha hecho daño alguno. Ej eso, te da cuenta. Si fuésemoj hasta donde están ello, sólo nosotro tré, y dijésemo que teníamoj hambre, y le pidiésemoj algo que comé, pué tal ves fuesen como lo negro y el resto de la gente, ¿no te parese? Pué ello nos lo darían, yo sé que lo harían; y entonse…

—Entonces ¿qué?

—Bueno, amo Tom, ésta é mi idea: No tiene sentido, no podemo matá a eso pobrej extranhero que no nos han hecho ningún daño, hasta que no tengamoj algo de práctica…, eso lo sé perfetamente, amo Tom, claro que lo sé perfetamente. Pero si cogiésemoj un hacha o dó, sólo tú, Huck y yo, nos deslizásemo por el río, luego de que la luna se oculte, y matásemoj a esa familia enferma que está en Sny, y le prediésemo fuego a la casa, y…

—¡Oh, cállate! Me cansas. No quiero discutir más con gente como tú y Huck Finn; siempre os estáis yendo por las ramas, y no tiene ningún sentido estar intentando razonar una cosa que es pura teología para las leyes que protegen los inmuebles.

Ahora bien, aquí Tom Sawyer se mostraba muy injusto. Jim no intentaba ofenderle, y yo tampoco quería hacerlo. Sabíamos muy bien que él tenía razón y que nosotros estábamos equivocados, todo lo que intentábamos hacer era saber cómo haríamos tal cosa, eso era todo; y la única razón por la que él no podía explicarlo, de manera que pudiésemos entenderlo, era porque nosotros éramos ignorantes…, sí, y muy lerdos también, no voy a negarlo; pero ¡demonios!, no es ningún crimen, creo yo.

Sin embargo, él no quiso saber nada más del asunto; sólo nos dijo que si hubiéramos abordado el asunto con el ánimo apropiado, él habría reclutado dos mil caballeros, y los habría vestido con una armadura de acero de pies a cabeza, y a mí me habría nombrado teniente y a Jim ranchero, y él tomaría el mando para expulsar hacia el mar a todo el grupo de infieles como si fuesen moscas, y regresar por el mundo cubierto de gloria, resplandeciente, como en una puesta de sol. Sin embargo dijo también que nosotros no sabíamos reconocer la oportunidad cuando se nos presentaba, y que él ya no nos la ofrecería nunca más. Y no lo hizo. Y cuando se empeña en una cosa, no se le puede hacer cambiar de opinión.

Pero no me importó demasiado. Soy pacífico, y no me gusta meterme en peleas con personas que no me han hecho nada. Reconocí que, si los paganos estaban contentos, yo también, y que podríamos dejarlo todo tal como estaba.

Ahora bien, Tom había sacado todas aquellas ideas disparatadas de los libros de Walter Scott, que siempre leía. Y aquélla era una locura, porque, en mi opinión, él nunca podría reclutar a esos hombres, y en caso de que así fuese, lo más probable es que le hubiesen dado una paliza. Yo cogí los libros y leí todo acerca de ellos, y lo que saqué en claro fue que la mayoría de las gentes que dejaron sus granjas para ir a las cruzadas pasaron una temporada de bastante bamboleo.

Capítulo 2

La ascensión en globo

Bueno, Tom siguió organizando una cosa tras otra, pero todas ellas tenían puntos lamentables, por lo cual tenía que dejarlas a un lado. Así que, al final, estaba desesperado la mayor parte del tiempo. Entonces comenzó a dar mucho que hablar a los periódicos de St. Louis la noticia de un globo que iba a partir hacia Europa, y a Tom se le ocurrió la idea de que tal vez le gustaría ir a ver qué aspecto tenía, pero no se decidía. Sin embargo, los periódicos continuaron refiriéndose al tema, así que pensó que, si no iba a verlo, quizá nunca se le presentaría una nueva oportunidad de ver un globo; además, averiguó que Nat Parsons bajaría a verlo, y claro, aquello acabó por decidirle. No iba a soportar que Nat Parsons, de regreso al pueblo, alardease de haber visto el globo, mientras él se quedaba escuchándole con la boca cerrada. De manera que quiso también que Jim y yo fuésemos, y hacia allí nos marchamos.

Era un globo grande y magnífico, tenía alas, ventiladores y toda clase de cosas. No era como esos globos que aparecían en los cuadros. Se hallaba situado lejos, en el límite del pueblo, en un solar que había en una esquina vacía de la calle doce. Había también una gran multitud a su alrededor, burlándose del globo, ya sabéis, diciendo que no podría elevarse, y del hombre que lo llevaba, un individuo delgado, pálido, con una suave luz de luna en los ojos. Aquello hacía que el hombre se enfureciese, se volvía hacia ellos, levantándoles el puño y los llamaba animales y ciegos. Les decía que algún día se darían cuenta de que habían estado, cara a cara, con uno de los hombres que alza naciones y construye civilizaciones, que ahora eran muy torpes para verlo, y que precisamente allí, en aquel mismo sitio, sus propios hijos y nietos le erigirían un monumento que duraría mil años, pero su fama lo superaría; y entonces la multitud rompía a reír de nuevo y comenzaba a chillarle y a preguntarle cómo se llamaba antes de casarse y qué le llevó a no estarlo más, cómo se llamaba el gato de la hermana de su abuela, y cosas así, todo eso que la muchedumbre puede decir cuando encuentra a alguien a quien acosar.

Bueno, las cosas que le decían eran divertidas, sí, y también muy ingeniosas, no voy a negarlo, pero, con todo, no me parecía justo ni valeroso que toda esta gente, con mucha labia, se ensañara de forma tan mordaz con uno solo, y éste sin ningún talento para replicarles. ¡Pero, santo cielo! ¿Para qué querría él contestarles con tanto descaro? Se veía que no podía reportarle ningún beneficio, pues el resto de la gente consideraba que estaba chiflado. Él estaba en sus manos, ¿sabéis? Pero era su forma de ser, creo que no podía evitarlo; estaba hecho así, me parece a mí. Era una especie de creador, no había ningún mal en él, era precisamente un genio, según contaban los periódicos, lo cual no era culpa suya: no todos podemos estar cuerdos, tenemos que ser lo que somos. Por lo poco que sé, lo genios creen que lo saben todo, de manera que no hacen caso de los consejos de la gente, sino que van a su aire, lo cual consigue que les demás los abandonen y los desprecien, y eso es algo perfectamente natural. Si fuesen más humildes y escucharan e intentasen aprender, sería mejor para ellos.

El sitio en donde se hallaba el profesor dentro del globo era como un bote, grande y espacioso, y tenía compartimientos impermeables a su alrededor para mantener dentro toda clase de cosas. Un tipo podía sentarse sobre ellos y utilizarlos también como camas. Subimos a bordo, y dentro había unas veinte personas, metiendo las narices en todas partes y examinándolo todo. El viejo Nat Parsons también se encontraba allí. El profesor continuaba armando jaleo con los preparativos; entonces la gente bajó a tierra, dando tumbos y de a uno. El viejo Nat fue el último en salir. Por supuesto, no habría funcionado que lo dejáramos ir detrás de nosotros. No deberíamos movernos hasta que él se hubiese marchado; de ese modo, los últimos seríamos nosotros.

Sin embargo, él ya se había bajado, así que era nuestro momento de seguirle. Entonces oí un fuerte grito, y me di la vuelta… ¡y vi que la ciudad estaba cayendo rápidamente por debajo de nosotros! Me dio tanto miedo que me puse enfermo. Jim se volvió gris y no podía articular palabra. Tom no decía nada pero estaba muy entusiasmado. La ciudad continuó cayendo, cada vez más bajo, y más bajo, y parecía que nosotros no podíamos hacer nada más que permanecer colgados en el aire y quedarnos quietos. Las casas iban haciéndose pequeñas y más pequeñas, y la ciudad iba uniéndose cada vez más, los hombres y los carros parecían hormigas y escarabajos arrastrándose por allí, las calles eran como rendijas y luego hilos; y entonces todo se fundió y ya no había más ciudad, aquello era tan sólo una gran costra sobre la tierra, y me pareció que uno podría ver río arriba y río abajo unos miles de kilómetros, aunque por supuesto no se veía tanto. Al cabo de poco tiempo, la tierra era una pelota… tan sólo una bola redonda, de color apagado, con rayas brillantes, que serpenteaban y se ovillaban a su alrededor: eran los ríos. El tiempo se estaba volviendo bastante frío. La viuda de Douglas siempre me había dicho que el mundo era redondo como una pelota, pero yo nunca había hecho caso de aquellas supersticiones suyas, y por supuesto, de ésa especialmente, porque yo podía ver, yo mismo, que el mundo tenía forma de plato, y que además era plano. Solía subir la colina, mirar a mi alrededor, y comprobarlo por mí mismo, porque creo que la mejor manera de estar seguro de una cosa es ir y examinarla por sí mismo, y no creerla solamente porque te la cuenten los demás. Pero ahora tenía que darme por vencido, la viuda tenía razón. Esto es, tenía razón sobre el resto del mundo, pero no la tenía con respecto a la parte de él en la que se encuentra nuestro pueblo: esa parte tenía la forma de un plato, y era plano, eso puedo jurarlo.

El profesor estaba de pie muy quieto, como si estuviese dormido, pero ahora estaba más suelto y muy amargado. Dijo algo como esto:

—¡Idiotas!, creyeron que no funcionaría. Y quisieron examinar y espiarlo todo para que les contase mi secreto. Nadie más que yo sabe cómo logra moverse… ¡y es una energía nueva! Un nuevo combustible, el más poderoso de la tierra. El vapor es una tontería a su lado. Dijeron que no podría ir a Europa. ¡A Europa! Pues tengo suficiente combustible a bordo como para que dure cinco años, y comida para tres meses; son unos sandios, ¿qué sabrán ellos? Sí, dijeron también que mi nave aérea era muy endeble… Pues podría funcionar hasta cincuenta años. Podría navegar los cielos durante toda mi vida si quisiera, y marcar el rumbo hacia donde me plazca, aunque se rían de eso y crean que no puedo hacerlo. ¡Que no podría dirigirlo! Ven aquí, muchacho; ya lo veremos. Presiona estos botones según te lo vaya indicando.

Hizo que Tom dirigiese la nave para todos los lados y de cualquier manera, y le enseñó todo en casi nada de tiempo, y Tom dijo que era muy fácil. Hizo que la nave descendiera hasta rozar el suelo, y le hizo dar vueltas tan cerca de las praderas de Illinois que uno podría hablar a los granjeros y oír todo lo que decían perfectamente claro; les arrojaba papeles impresos contándoles cosas del globo que iba rumbo a Europa. Tom adquirió tal habilidad que podía dirigir el globo derecho hacia un árbol hasta estar a punto de tocarlo y luego salir disparado como un rayo hacia arriba, rozándole la copa. Sí, y también aprendió a hacerlo aterrizar, y lo hacía de maravilla, podía posarse sobre una pradera con la suavidad de la lana; pero justo en el momento en que intentábamos bajar, el profesor decía:

—¡No! ¡No lo haréis!

Y volvía a alzarse hacia el aire de nuevo.

Aquello era horroroso. Yo comencé a suplicarle que nos dejase bajar, Jim también lo hizo, pero sólo conseguíamos enfurecerle más, y empezó a dar vueltas rabiosamente con la mirada enloquecida. A mí me tenía espantado.

Bueno, luego siguió insistiendo en sus problemas, y se quejaba refunfuñando sobre la manera como lo habían tratado, y parecía no poder superarlo, especialmente cuando la gente decía que su nave era enclenque. Se mofaba de eso y también de que dijesen que no era fácil de manejar y que siempre estaría estropeada. ¡Estropeada! Aquello lo ponía muy ceñudo. Decía que su aparato no podría estropearse más que el sistema solar. Se puso cada vez peor, nunca había visto a una persona enfadarse de tal manera. A Jim y a mí nos daba escalofríos verle. Al poco rato se puso a chillar y a gritar, y luego se puso a jurar que el mundo jamás poseería su secreto en absoluto, ya que le habían tratado tan mezquinamente. Dijo que navegaría con su globo por todo el mundo, sólo para mostrar lo que podía hacer, y que luego se hundiría en el mar, con todos nosotros dentro. Bueno, aquél era el más espantoso de los aprietos en que uno pudiese estar metido…, y ya estaba anocheciendo.

Nos dio algo de comer, y nos hizo ir al otro extremo de la nave, y él se tumbó en un compartimiento desde donde podía dirigir todas las operaciones, y colocó un viejo revólver de cartucho bajo su cabeza, diciendo que a cualquiera se le ocurriese ponerse a tontear por ahí, intentando aterrizar, lo mataría.

Así que nos apretujamos los tres, e intentamos pensar en algo durante bastante rato, pero no decíamos más que alguna palabra de vez en cuando, y eso sólo cuando alguien tenía que decir algo de puro abatimiento, de tan asustados y preocupados como estábamos. La noche se arrastraba lenta y solitaria. Estábamos muy desanimados, y el brillo de la luna hacía que todo pareciese suave y hermoso, las casas de las granjas tenían un aspecto acogedor y hogareño, podíamos oír los ruidos que provenían de las granjas y nos entraron muchas ganas de estar allí, pero ¡cielos!, nos deslizábamos por encima de ellas como si fuéramos fantasmas, sin dejar ninguna huella.

Muy avanzada la noche, cuando todos los sonidos eran lejanos y el aire se sentía como tarde y hasta olía a tarde —una sensación como si fueran las dos de la madrugada, según puedo recordar—, Tom dijo que el profesor estaba tan callado que a lo mejor estaría dormido, y que sería mejor…

—Sería mejor, ¿qué? —dije yo en un susurro, muerto de miedo, porque sabía lo que estaba pensando.

—Sería mejor que nos coláramos por allí detrás, le atásemos e intentáramos hacer aterrizar la nave —dijo Tom.

—¡No, señor! —dije yo—. No te muevas de donde estás, Tom Sawyer.

Y Jim…, bueno, Jim estaba jadeando, presa del miedo, entonces dijo:

—¡Oh, amo Tom, no lo haga! Si tú lo toca, no morimo… ¡No morimo, seguro! ¡Yo no me aserco a él po nada de este mundo! Está como una reverenda cabra, amo Tom.

Tom dijo en un susurro:

—Ésa es la razón por la que debemos hacer algo. Si no estuviese loco, no me importaría un pimiento estar aquí más que en cualquier otro sitio; no podríais sacarme ni aunque me pagarais por ello, sobre todo ahora que me he acostumbrado al globo y superado el miedo de no tocar tierra firme. Pero no es una buena política estar navegando por ahí de esta manera, con una persona que ha perdido un tornillo y que dice que va a dar la vuelta al mundo y luego ahogarnos a todos. Os digo que tenemos que hacer algo, y además antes de que despierte, o tal vez nunca más se nos presente otra oportunidad. ¡Venid!

Pero el solo hecho de pensarlo hizo que nos quedásemos helados y se nos pusieran los pelos de punta, así que dijimos que no nos moveríamos de donde estábamos. De manera que Tom tuvo que deslizarse sólo hasta allá atrás para ver si podía hacerse con el timón del globo y aterrizar. Le rogamos y le suplicamos que no lo hiciera, pero fue completamente inútil; así que se puso a cuatro patas y comenzó a gatear un centímetro por vez, mientras nosotros conteníamos la respiración y observábamos. Después de llegar hasta la mitad del bote, se arrastró más lentamente que nunca, y aquello me dio la impresión de durar años. Por fin le vimos llegar hasta la cabeza del profesor, y levantarse despacio, para mirarle durante un buen rato a la cara y escuchar. Entonces vimos que avanzaba un centímetro hacia los pies del profesor, en donde estaban los mandos para dirigir la nave. Bueno, llegó hasta allí, sano y salvo, y ya iba a alcanzar los mandos, lenta y silenciosamente, cuando tropezó con algo que hizo ruido, y le vimos tirarse en picado al suelo y permanecer allí, muy plano y quieto. El profesor se movió un poco y dijo:

—¿Qué es eso?

Pero todos nos quedamos completamente callados y sin movernos; entonces comenzó a refunfuñar, a hablar entre dientes y a acurrucarse, como cuando una persona se despierta, y yo creía que me iba a morir, de tan asustado y preocupado como estaba.

Entonces una nube ocultó la luna, y yo casi grité de alegría. Ésta se enterró cada vez más profundamente en la nube, y todo se puso tan oscuro que no podíamos ver a Tom. Luego comenzaron a caer unas gotas de lluvia, y pudimos oír al profesor armando alboroto con sus cuerdas y cosas, despotricando contra el tiempo. Estábamos aterrados ante la idea de que pudiese tropezar con Tom y fuéramos hombres muertos sin remedio, pero Tom estaba ya de regreso, y cuando sentí sus manos en nuestras rodillas, la respiración se me cortó de golpe, y el corazón se me cayó en medio de mis otras cosas, porque en la oscuridad no podía saber quién era, pero podría haber sido el profesor.

¡Vaya por Dios! Estaba tan contento de tenerle de vuelta, que me sentía tan feliz como puede sentirse alguien que está atrapado en el aire con un hombre que ha perdido el juicio. No se puede aterrizar un globo en la oscuridad, de manera que tenía la esperanza de que siguiese lloviendo, pues no quería que Tom se metiese en más líos y que nosotros nos sintiéramos tan espantosamente intranquilos. Bueno, pues mi deseo se cumplió. Estuvo lloviznando durante toda la noche, lo cual tampoco fue demasiado tiempo, aunque lo pareció; y entonces despuntó el amanecer, el mundo parecía increíblemente plácido, indefinido y hermoso, era tan bueno ver los bosques y los campos de nuevo, los caballos y el ganado de pie, pensando, con cara de aburridos. Luego el sol surgió abrasador, alegre y espléndido, nosotros comenzamos a estirarnos el cuerpo entumecido, y antes de que nos diéramos cuenta, estábamos todos dormidos.

Capítulo 3

Tom da explicaciones

Nos quedamos dormidos cerca de las cuatro de la mañana, y despertamos a eso de las ocho. El profesor estaba cabizbajo, sentado en su sitio. Nos lanzó algo para desayunar, pero nos dijo que no nos acercásemos a popa de la brújula que estaba en medio de la nave. Eso quedaba por el centro del bote. Bueno, cuando uno es avispado y come hasta quedar satisfecho, las cosas se ven mucho mejor que antes. Hace que uno se sienta bastante cerca de la comodidad, aun cuando se halle a bordo de un globo, en compañía de un genio. Nos pusimos a hablar entre nosotros.

Había una cosa que continuaba molestándome, y al poco rato pregunté:

—Tom, ¿no zarpamos hacia el este?

—Sí.

—¿Y a qué velocidad hemos estado volando?

—Bueno, ya has oído lo que dijo el profesor cuando estaba dando vueltas furioso por ahí: unas veces decía que íbamos a ochenta kilómetros por hora, otras a ciento veinte y otras a ciento sesenta. Dijo también que, con ayuda de una tormenta, podría llegar a los cuatrocientos ochenta en cualquier momento, y que, si tenía la tormenta y quería que soplara en la dirección correcta, sólo tenía que subir o bajar para encontrarla.

—Bueno, pues entonces es justo lo que yo creía. El profesor nos ha mentido.

—¿Por qué?

—Porque, si estábamos volando tan rápido, deberíamos haber pasado Illinois, ¿no es cierto?

—Seguramente.

—Bueno, pues no lo hemos hecho.

—¿Y por qué motivo crees que no lo hemos hecho?

—Lo sé por el color. Todavía estamos sobre Illinois. Y puedes comprobar por ti mismo que Indiana aún no está a la vista.

—Me pregunto qué pasa contigo, Huck. ¿Lo sabes por el color?

—Sí, claro que lo sé.

—¿Qué tiene que ver el color en todo esto?

—Pues ¡todo! Illinois es verde; en cambio, Indiana es rosa. Muéstrame algo rosa, si puedes. No señor. Todo es verde.

—¿Indiana rosa? ¡Vaya mentira!

—No es mentira; lo he visto en un mapa, y es color rosa.

Nunca se habrá visto una persona más ofendida y disgustada al decir:

—Bueno, si yo fuese de tarugo como tú, Huck Finn, saltaría al vacío ahora mismo. ¡Lo he visto en el mapa, dice! Huck Finn, ¿te crees acaso que los Estados Unidos al natural tienen el mismo color que el que aparece en los mapas?

—Tom Sawyer, ¿para qué sirve un mapa? ¿No es para que aprendamos la realidad?

—Claro.

—Bueno, entonces, ¿cómo vamos a hacerlo si nos cuenta mentiras?

—¡Caray, siempre el mismo ingenuo! No nos cuenta mentiras.

—No lo hace, ¿verdad?

—No, no lo hace.

—Muy bien; pues entonces, si no cuentan mentiras, no hay dos Estados que tengan el mismo color. Líbrate de ésa si puedes, Tom Sawyer.

Me di cuenta de que lo tenía en mis manos, y Jim también lo vio, y os diré que me sentía muy bien, porque Tom Sawyer era una persona difícil de superar. Jim, dándose una palmada en la pierna, dijo:

—¡No te digo! ¡Eso estuvo astuto, ya lo creo que sí! Ej inútil, amo Tom, esta vej él ha podido contigo, lo ha conseguido, ¡seguro! —Se dio otra palmada en la pierna, y continuó—: ¡Jesú, sí que estuvo listo!

Nunca me había sentido mejor en toda mi vida; y sin embargo, no me había dado cuenta de lo que había dicho hasta que lo dije. Estaba por ahí pensando en las musarañas, completamente despreocupado, sin esperar siquiera que algo así fuese a ocurrir; tampoco pensaba en semejante cosa en absoluto, cuando de repente lo dije. ¡Vaya! Fue casi una sorpresa para mí, como lo fue para cualquiera de ellos. Sucedió de la misma manera que cuando una persona que va por ahí, mordisqueando una mazorca de maíz sin pensar en nada, de repente se encuentra con un diamante. Ahora bien, al principio, todo lo que él entiende es que se ha topado con algún tipo de piedrecilla, pero no averigua que se trata de un diamante hasta que limpia la arena, las migajas y cualquier otra cosa y le echa una ojeada, entonces se sorprende y se alegra. Sí, y también se siente orgulloso; aunque, si se mira el asunto directamente a los ojos, no se merece tantos laureles, como los tendría de haber estado buscando diamantes. La diferencia se puede apreciar muy fácilmente, si lo pensáis bien. Veréis, un accidente de esa clase no es realmente una gran cosa, como cuando la gran cosa se logra con intención. Cualquiera puede encontrar un diamante en una mazorca; pero cuidado, tiene que ser alguien que posea esa clase de mazorca. Aquí es donde interviene el mérito de una persona. Yo no pretendo grandes cosas, y no creo poder hacer ésta de nuevo, pero sí la hice aquella vez, eso es todo lo que reclamo. No había tenido la menor idea de hacer tal cosa, ni siquiera había pensado o intentado hacerlo más que vosotros en este instante. ¡Vaya! Y estaba muy tranquilo también, más tranquilo no se podría haber estado, y así, de repente, lo dije. A menudo pienso en ese momento, puedo recordar el aspecto que tenía todo, como si hubiese ocurrido la semana pasada. Puedo verlo: los hermosos paisajes ondulados del campo, con bosques, prados y lagos, extendiéndose a lo largo de cientos y cientos de kilómetros a nuestro alrededor. Los pueblos y ciudades esparcidos por todas partes allá abajo, ora por aquí, ora por allá, y más allá el profesor se hallaba reflexionando sobre un mapa apoyado en su pequeña mesa, la gorra de Tom golpeteaba los aparejos en donde estaba colgada para secarse, y había una cosa en particular: un pájaro, justo a nuestro lado, a menos de treinta centímetros, siguiendo nuestra ruta e intentando mantenerla, pero perdiéndola todo el tiempo; y también un tren que hacía lo mismo allá abajo, deslizándose por entre granjas y árboles, resoplando una larga nube de humo negro, y de vez en cuando una pequeña bocanada de blanco; y, cuando el blanco se perdía y hacía mucho rato que te habías olvidado de él, se oía un débil pitido procedente de un silbato; y dejábamos atrás a ambos, al pájaro y al tren, allá muy lejos, y muy fácilmente también.

Sin embargo, Tom estaba enfurruñado, y nos dijo a Jim y a mí que éramos un par de ignorantes diciendo tonterías, y luego dijo:

—Supongamos que tenemos un ternero marrón y un gran perro, también marrón, y que hay un artista pintando un cuadro de ellos. ¿Cuál es la cosa más importante que ese artista tiene que hacer? Tiene que pintarlos de tal manera que podáis distinguirlos el uno del otro en cuanto los veáis, ¿verdad? Claro. Bueno, entonces ¿querrías que él fuese y pintase a ambos de marrón? Seguramente no. Luego él pintará uno de ellos azul, de manera que no podáis equivocaros. Ocurre lo mismo con los mapas. Ésa es la razón por la que se pinta cada Estado de distinto color; no es para engañaros, si no para que no os engañéis a vosotros mismos.

No pude encontrar argumentos para eso, y Jim tampoco. Entonces Jim dijo, moviendo la cabeza:

—Puéj, amo Tom, si tú supiera lo sampabollo que son loj artista, le hubiese llevao mucho tiempo ante de tomar a uno, o a todoj ello, pa repaldar lo que dise. Yo le voy a contá…, entonse lo comprobará por ti mimo. Una vé vi uno dellos por ahí pintando, en tierras del viejo Hank Wilson, y le fui a vé, estaba pintando aquella vieja vaca pinta, ésa a la que le faltaba un cuerno… ya sabej a cuál me refiero. Entonse le pregunté para qué la pintaba, y me dijo que, cuando la hubiese pintao, el cuadro valdría sien dólare. Amo Tom, podría tener una vaca por quinse dolare, y así se lo dije. Bueno, vaya, no me creerá, pero tan sólo movió la cabesa, y continuó con su tarea. ¡Dió mío, amo Tom! ¡Es que ellos no saben ná!

Tom perdió los estribos; he notado que eso le sucede a la mayoría de las personas cuando se quedan sin argumentos. Nos mandó callar y nos dijo que no removiésemos más el barro que teníamos en la mollera, que nos estuviéramos quietos y dejásemos que endureciera, y que así, tal vez, nos sentiríamos mejor. Entonces vio un pueblo con su torre del reloj por allá abajo, cogió unos prismáticos y lo miró, luego miró su nabo de plata, volvió a mirar el reloj, luego otra vez el nabo, y dijo:

—Qué curioso… ese reloj adelanta cerca de una hora.

Así que adelantó su nabo. Luego vio otro reloj, y le echó un vistazo, y también adelantaba una hora. Aquello le dejó perplejo.

—Esto es algo curiosísimo —dijo—; no lo comprendo.

Cogió nuevamente los prismáticos, y buscó otro reloj, que también marcaba una hora de adelanto. Entonces sus ojos se abrieron como platos, y la respiración comenzó a ser entrecortada, y exclamó:

—¡Demonios! ¡Es la longitud!

Entonces, muy asustado, dije:

—Bueno, ¿qué es lo que ha pasado, y qué está pasando ahora?

—Pues lo que pasa es que este viejo globo nos ha llevado volando sobre Illinois, Indiana y Ohio, como si nada, y que estamos en el extremo Este de Pennsylvania o de New York, o de algún sitio por los alrededores.

—¡Tom Sawyer, no hablas en serio!

—Sí, sí lo hago, absolutamente en serio. Llevamos recorridos unos quince grados de longitud desde que dejamos atrás St. Louis ayer por la mañana, y aquellos relojes están bien. Hemos volado unos ciento veintiocho kilómetros.

No podía creerlo, pero de cualquier manera sentí unos escalofríos corriendo por mi espalda. Según mi experiencia, sabía que bajar esa misma distancia por el Misisipi en balsa no nos llevaría menos de dos semanas.

Jim estaba reflexionando y meditando. Muy pronto preguntó:

—Amo Tom, ¿ha dicho que lo reloje andaban bien?

—Así es.

—¿Y tu reló también?

—Anda bien para St. Louis, pero aquí ya no.

—Amo Tom, ¿estáj intentando desir que la hora no es la mima en toda parte?

—No, no es la misma en todos los sitios, ni por asomo.

Jim parecía afligido, luego dijo:

—Me da pena oírte hablar así, amo Tom; ej una gran vergüensa oírte desir eso, depué de haberte educado como lo han hecho. Sí, señó, y también rompería el corasón de tu tía Polly si te oyera.

Tom estaba atónito. Miró a Jim, preguntándose a qué venía todo eso, y no dijo nada. Jim prosiguió:

—Amo Tom, ¿quién puso a la gente allá lejo en St. Louis? La puso el Señó. ¿Quién puso a la gente aquí mimo dónde está? La puso el Señó. ¿O no somo todoj hijo suyo? Claro que sí. ¡Puej entonse! ¿Por qué iba a habé discriminasió entre ellos?

—¡Discriminasió! En mi vida he oído semejantes paparruchas de ignorante. Aquí no se trata de discriminación. Cuando Él te creó a ti y a algunos de sus hijos negros, y al resto de nosotros nos hizo blancos, ¿cómo le llamarías a eso?

Jim se dio cuenta y se quedó atascado. No podía contestarle. Entonces Tom prosiguió:

—Claro que discrimina, ¿ves?, cuando Él quiere. Pero aquí, en este caso, no es suya la discriminación: es del hombre. El Señor creó el día y también la noche; pero no inventó las horas, y tampoco las distribuyó por todos sitios… Eso lo hizo el hombre.

—Amo Tom, ¿ej eso sierto? ¿El hombre laj ha distribuido?

—Naturalmente.

—¿Quién le dijo que podía hacer eso?

—Nadie. Nunca pidió permiso.

Jim reflexionó un minuto y luego dijo:

—¡Vaya! No logro entenderlo. Yo no podría haber corrido semejante riesgo. Pero hay gente que no le tiene miedo a ná. Siguen adelante con lo que sea, a ellos no les importa lo que pase. Así que ¿siempre hay una hora diferente en toda parte, amo Tom?

—¿Una hora? ¡No! Siempre son cuatro minutos de diferencia por cada grado… de longitud, ¿sabes? Quince minutos en una hora, treinta en dos horas, y así sucesivamente. Cuando es la una en punto de la mañana, del Martes por la noche en Inglaterra, son las ocho de la noche anterior, en Nueva York.

Jim se retiró un poquito hacia el compartimiento, y uno podía darse cuenta de que estaba ofendido. Permanecía murmurando y moviendo su cabeza, así que yo me acerqué hasta donde él estaba, le di una palmadita en la pierna, le animé cariñosamente, y de esa manera consiguió superar sus peores sentimientos. Entonces dijo:

—¡El amo Tom no cuenta una cosa! Martej en un sitio, Lunej en otro, ¡y t'do en el mismo día! Huck, éte no é sitio p'asé broma…, aquí arriba, donde estamo. ¡Do día en uno! ¿Cómo va poné t'do día en uno solo…, doj hora en una sola? ¿Verdá que no se puede? ¿Cómo podrían ponese do negroj en la piel de uno solo? ¿Se podría? Tampoco se pue poné do galone de whisky en una jarra pá uno, ¿no es sierto? No, señó, estallaría la jarra. Sí, y aun así, yo no lo creería. Puej, escúchame una cosa, Huck: supongamo que sea Martej en Nueva York…, mú bien. ¿Vaj a desirme que en este sitio es año nuevo, y año pasado en el otro, en el mismo e idéntico minuto? Esto é la peor de la chorrada… No puedo soportarla, no puedo soportá oír hablá deso.

De pronto comenzó a temblar, y a volverse de color gris, y Tom le dijo:

—¿Qué pasa ahora? ¿Cuál es el problema?

Jim apenas podía hablar, sin embargo le contestó:

—Amo Tom, tú no está de broma, ¿ej en serio, verdá?

—Es en serio, no estoy de broma.

Jim tembló de nuevo, y dijo:

—Entonse, si ese Lune fuera el Último Día, entonse no habría Último Día en Inglaterra, y lo muerto no serían llamados a Juisio. No debemo continuá con esto, amo Tom, por favó, haga que podamo volver. Quiero está donde…

De repente, vimos algo y todos dimos un salto, nos olvidamos de todo el asunto, y nos pusimos a observar fijamente. Tom exclamó:

—¿Aquél no es… ?—entonces contuvo la respiración—. ¡Sí lo es, estoy tan seguro como que estamos vivos… Es el océano!

Aquello logró que Jim y yo también contuviéramos la respiración. Entonces todos nos quedamos petrificados, pero felices, ya que ninguno de nosotros había visto el océano, ni esperábamos verle. Tom continuó mascullando:

—El Océano Atlántico… Atlántico, ¡cielos! ¿No os suena grandioso…? ¡Y está allí…, y nosotros le estamos contemplando…, nosotros! ¡Caramba, es demasiado espléndido para creerlo!

Entonces vimos una gran masa de humo negro; y, cuando estuvimos más cerca, nos dimos cuenta de que era una ciudad; era un monstruo, además, con una densa franja de barcos a lo largo de su orilla; nos preguntamos si sería Nueva York, y comenzamos a cotorrear y a discutir sobre el tema, y antes de que pudiésemos saberlo, se deslizó por debajo de nosotros, y nos fuimos volando dejándola atrás. Allí nos encontrábamos, sobre el mismo océano, volando como si fuésemos un ciclón. Luego espabilamos, ¡ya os digo!

Fuimos corriendo hacia la popa, y nos pusimos a llorar, rogando al profesor que se apiadase de nosotros, que diese la vuelta, nos dejase aterrizar para ir a buscar a nuestras familias, que seguramente estarían muy angustiadas y preocupadas por nosotros, y tal vez se muriesen si algo malo nos sucedía, pero él nos empujó bruscamente con su pistola, y nos obligó a retroceder, y así lo hicimos, pero nadie sabrá nunca lo mal que nos sentíamos.

Ya no avistábamos casi nada de tierra, tan sólo una pequeña franja, como una serpiente, allá lejos, donde se perdía el límite del mar. Bajo nosotros sólo había océano, océano y más océano…, millones de kilómetros de océano, ondulando, remontándose y haciendo remolinos. Una espuma blanca soplaba desde la cresta de las olas, sólo se veían unos pocos barcos, bamboleándose y dejándose caer, primero sobre un lado, luego sobre el otro, hundiendo la popa y después la proa; al poco tiempo ya no había ningún barco, y teníamos todo el cielo y el océano para nosotros, y el lugar más espacioso que yo haya visto nunca, y también el más desamparado.

Capítulo 4

La tormenta

Aquel sitio se volvió cada vez más solitario. Arriba teníamos el inmenso cielo, profundamente vacío y espantoso, y allá abajo el océano, sin otra cosa que las olas. A nuestro alrededor todo era un anillo, un anillo perfecto y redondo, donde el cielo y el agua se juntaban; sí, era un anillo monstruoso y enorme, en cuyo centro exacto estábamos nosotros. Íbamos volando a la carrera, como el fuego en las praderas, pero eso no nos servía de nada, ya que no conseguíamos salir del centro del anillo de ningún modo; yo no podía apreciar un avance, de un centímetro siquiera, fuera de él. La situación le proporcionaba a uno una sensación espeluznante y hasta daban escalofríos, de tan raro e inexplicable.

Bueno, todo estaba tan espantosamente quieto que teníamos que hablar en voz muy baja, volviéndonos cada vez más sigilosos y solitarios, cada vez menos conversadores, hasta que al fin la charla se acabó por completo, y los tres nos quedamos sentados allí, para «pensá», como decía Jim, sin decir una sola palabra durante mucho tiempo.

El profesor no se movió en absoluto, hasta que el sol brilló sobre nuestras cabezas; entonces se puso de pie y se colocó una especie de triángulo ante un ojo. Tom dijo que aquello era un sextante y que estaba midiendo el sol, para saber la ubicación del globo. Luego escribió algo en clave, consultó un libro, y luego empezó de nuevo. Dijo un montón de disparates, entre otros que mantendría ese rumbo hasta la media tarde de mañana, y luego aterrizaríamos en Londres.

Le dijimos que le estábamos humildemente agradecidos.

Ya estaba marchándose, sin embargo giró como un remolino cuando dijimos aquello, y nos lanzó una mirada con mucho odio…, una de las más maliciosas y suspicaces que yo haya visto en mi vida. Luego nos dijo:

—Queréis dejarme. No intentéis negarlo.

No supimos qué decir, de manera que nos mantuvimos callados y no dijimos nada en absoluto.

Nos dirigimos hacia la popa y nos sentamos, pero él no parecía poder quitarse aquello de la cabeza. De vez en cuando explotaba y volvía a hablarnos sobre el tema, e intentaba que le contestáramos, pero nosotros no lo hacíamos.

Entonces llegó un momento en que me pareció que ya no podría soportar tanta soledad. Todo era aún peor cuando llegaba la noche. A veces Tom me daba un pellizco y me susurraba:

—¡Mira!

Así lo hice, y vi al profesor echando un trago; aquello no me gustó nada. De vez en cuando bebía otro poco, y muy pronto comenzó a cantar. Ya estaba oscuro, y el cielo se iba poniendo cada vez más negro y tormentoso. El profesor continuó cantando enloquecido, los truenos comenzaron a rezongar, el viento a quejarse entre el cordaje, y todo junto resultaba algo espantoso. El cielo se puso tan negro que ya no le podíamos ver más, y ojalá no pudiésemos oírle, pero le oíamos. Luego se calló de repente, y no pasaron diez minutos antes de que nosotros empezáramos a sospechar y a desear que armase de nuevo aquel jaleo, así sabríamos por dónde estaba. Muy pronto, durante el destello de un relámpago, vimos que intentaba ponerse de pie, pero estaba tan borracho que se tambaleaba y se caía. Le oímos gritar en la oscuridad:

—¡No quieren ir a Inglaterra…! ¡Muy bien, pues cambiaré el rumbo! ¡Quieren abandonarme! ¡Bueno, pues lo harán… ahora mismo!

Casi me muero al oírle decir aquello. Luego se quedó callado otra vez; durante tanto tiempo que casi no pude soportarlo, y me pareció que el relámpago no volvería nunca más. Pero por fin resplandeció el bendito rayo, y allí estaba él, a cuatro patas, gateando a menos de un metro y medio de nosotros. ¡Cielos! ¡Su mirada era terrible! Se lanzó contra Tom, exclamando:

—¡Tú, hombre al agua!

Pero todo volvió a oscurecerse, y yo no podía ver si lo había cogido o no, y Tom tampoco emitía un solo sonido.

Entonces se sucedió otra terrible y larga espera, luego sobrevino otro relámpago, y vi a Tom cabeza abajo desaparecer fuera del bote. Se había quedado sujeto a la escala de gato que colgaba en el aire desde la borda. El profesor soltó un grito y fue tras él, y todo volvió a quedar oscuro; entonces Jim se lamentó diciendo:

—¡Pobre amo Tom, se ha ido! —E intentó saltar sobre el profesor, pero ya no estaba allí.

Luego oímos un par de gritos pavorosos… y luego otro, no tan fuerte, y uno más apagado que apenas podía oírse, y Jim repitió:

—¡Pobre amo Tom!

Entonces hubo un espantoso silencio, y a mí me pareció que se podría contar hasta cuatrocientos mil antes de que hubiese un nuevo relámpago. Cuando sobrevino de nuevo, pude ver a Jim arrodillado, con los brazos apoyados en un armario, enterrando en ellos el rostro y llorando. Antes de que yo pudiera mirar por la borda, estaba oscuro de nuevo, y yo tenía una especie de alivio, pues prefería no ver nada. Pero cuando sobrevino un nuevo relámpago, pude observar que alguien se balanceaba al viento sobre la escala. ¡Era Tom!

—¡Sube! —le grité—. ¡Sube, Tom!

Su voz se oyó tan débilmente, el viento rugía tanto, que no pude entender lo que decía, pero creía que preguntaba si el profesor estaba aquí arriba. Yo le grité:

—¡No, está en el océano! ¡Sube! ¿Quieres que te ayudemos?

Por supuesto todo estaba oscuro.

—Huck, ¿a quién le estás gritando?

—Estoy gritándole a Tom.

—¡Oh, Huck! ¿Cómo puedej actuar así, cuando sabe que el pobre amo Tom…?

Entonces emitió un grito espantoso y echó hacia atrás la cabeza y los brazos, para gritar de nuevo; pues justo en ese momento hubo otro resplandor blanco, y él había levantado la cabeza a tiempo de ver a Tom blanco como la nieve, surgir por la barandilla, y mirarle directamente a los ojos. Creyó que era el fantasma de Tom, ¿sabéis?

Tom trepó a bordo, y en cuanto Jim se dio cuenta de que era realmente él, y no su fantasma, empezó a abrazarle y a besuquearle, y babearle por todos lados, y le llamó por toda una serie de nombres cariñosos, llevándole por allí como si estuviese completamente loco, ¡estaba tan contento! Entonces yo dije:

—¿Qué estabas esperando, Tom? ¿Por qué no subiste en seguida?

—No lo hice, Huck, porque me di cuenta de que alguien había caído después que yo, pero en la oscuridad no podía saber quién era. Podrías haber sido tú, podría haber sido Jim.

Tom Sawyer siempre procedía así…, siempre era sensato. No podía subir hasta que no supiera dónde estaba el profesor.

La tormenta se dejó sentir, a esas horas, con todo su poder, y la forma de retumbar los truenos era espantosa, los relámpagos brillaban y el viento aullaba y gritaba entre el cordaje, mientras caía la lluvia. En un momento podía dejar de verse la mano que teníamos enfrente, y al siguiente era posible contar las hebras del tejido en la manga de la chaqueta, y ver allá abajo un enorme desierto de olas, elevándose agitadamente, a través de una especie de manto de lluvia. Una tormenta como aquélla es lo más hermoso que existe, pero no es precisamente el mejor momento para tenerla, cuando uno está perdido en el cielo, mojado y desamparado, y acaba de haber una muerte en la familia.

Permanecimos sentados allí, acurrucados en la popa, y hablamos en voz baja acerca del pobre profesor; todos lo sentíamos mucho por él, y también que el mundo le hubiese tratado tan duramente, cuando él estaba haciendo lo mejor que podía y no tenía un amigo siquiera, o alguien, para darle ánimos, y evitar así que su mente se trastornase y acabara volviéndose loco. Había suficientes mantas, sábanas y de todo en el otro extremo, pero preferimos mojarnos bajo la lluvia, a tener que volver allí; veréis, podría parecer muy rastrero permanecer donde aún estaba el calor, por así decirlo, de un hombre muerto. Jim dijo que él preferiría empaparse hasta ablandarse, antes de volver allí y quizá hasta toparse con el fantasma del profesor, en medio del resplandor de los relámpagos. Decía que le ponía enfermo ver un fantasma, y que preferiría morirse antes de tocar uno.

Capítulo 5

Tierra

Intentamos trazar algunos planes, pero no llegábamos a ningún acuerdo. Jim y yo queríamos dar la vuelta y volver a casa; Tom dijo que lo haríamos cuando amaneciera, para poder ver por dónde íbamos, pues podríamos estar ya tan lejos en nuestro camino a Inglaterra que tal vez nos convendría aterrizar allí y volver en barco, y así podríamos regresar con gloria a contar nuestras hazañas.

Cerca de media noche, la tormenta cesó y la luna salió a iluminar el océano, y entonces empezamos a sentirnos más reconfortados y adormilados; así que nos estiramos en nuestros sitios, nos echamos a dormir y no nos despertamos hasta que el sol brillaba alto en el cielo. El mar resplandecía como si estuviese lleno de diamantes, hacía buen tiempo, y muy pronto nuestras cosas estaban otra vez completamente secas.

Nos fuimos hasta la popa para ver si encontrábamos algo para desayunar, y lo primero que notamos fue una débil luz que ardía bajo una caperuza, cerca de una brújula. Tom estaba un poco inquieto y dijo:

—Sabéis de sobra lo que eso significa. Significa que alguien tiene que quedarse haciendo guardia y vigilando este aparato de la misma manera que se hace en los barcos, o de lo contrario el globo comenzará a dar vueltas, sin rumbo fijo y hacia cualquier sitio que el viento quiera que vaya.

—Bueno —dije yo—, ¿y qué es lo que ha estado haciendo desde que...

humm…, desde que tuvimos el accidente?

—Dando vueltas —respondió él, un poco preocupado—. Dando vueltas a la deriva, sin ninguna duda. El globo está a merced del viento ahora, y lo lleva en dirección sudeste. No sabemos tampoco durante cuánto tiempo hemos estado así.

De manera que le puso rumbo al este, y dijo que lo mantendría así mientras terminábamos de desayunar. El profesor había almacenado todo lo que uno pudiese desear; no podría haberlo hecho mejor. No había leche para el café, pero había agua y cualquier cosa que uno quisiese, una cocina de carbón y sus accesorios, pipas, cigarros y cerillas; vino y licores, que no acostumbrábamos tomar; libros, mapas y cartas geográficas, un acordeón, pieles y mantas, y un sinfín de tonterías, como abalorios de cristal y joyería de bronce, lo cual era un indicio seguro, según decía Tom, de que el profesor tenía la idea de visitar a los salvajes. Había también dinero. Sí, el profesor estaba bien equipado.

Después del desayuno, Tom nos enseñó el modo de hacer la guardia, y nos dividió en turnos de cuatro horas, uno cada vez, y cuando terminó su guardia, yo tomé su lugar; entonces él sacó las plumas y los papeles del profesor y escribió una carta a casa para su tía Polly, contándole todo lo que nos había sucedido y fechándola «en el firmamento, camino de Inglaterra». Entonces la dobló y envolvió con ella una oblea roja, luego escribió la dirección, y arriba puso con grandes letras: «De Tom Sawyer, el Eronauta», diciendo que aquello haría sudar al viejo Nat Parsons, el jefe de correos, cuando la recibiera. Yo le dije:

—Tom Sawyer, esto no es el firmamento, es un globo.

—Bueno, vamos a ver, sabelotodo, ¿quién ha dicho que fuera el firmamento?

—De todas maneras, ya lo has escrito en la carta.

—Y con eso ¿qué? Eso no quiere decir que el globo sea el firmamento.

—¡Oh, yo creía que sí! Bueno, entonces… ¿qué es un firmamento?

Por un instante, me di cuenta de que se había quedado atascado. Rastrilló y rascó su mente, pero no pudo encontrar nada, así que tuvo que decir:

—Pues no lo sé, y nadie lo sabe. Es tan sólo una palabra, y estupenda, además. No hay muchas que puedan superarla: No creo que haya ninguna que pueda hacerlo.

—¡Recórcholis! —exclamé—. ¿Pero qué significa? Ésa es la cuestión.

—Te digo que no sé lo que quiere decir. Es una palabra que la gente utiliza para…, para…, bueno, es ornamental. No se ponen volantes en una camisa para que la gente se abrigue, ¿verdad?

—Claro que no.

—Pero se los ponen, ¿no es así?

—Sí.

—Muy bien; pues entonces la carta que he escrito es una camisa, y el firmamento es un volante que le he puesto.

Pensé que aquella explicación confundiría a Jim y le haría ponerse serio, y así fue. Dijo:

—Vamoj a vé, amo Tom. No sirve de ná hablar así, peor todavía, eso ej un pecao. Tú sabe que la carta no ej una camisa, y que no tiene volante tampoco. No hay lugá donde ponerlo, y no se sostendría si tú lo hisiera.

—¡Oh, cállate ya, y espera a que hablemos de algo que sepas!

—¡Vaya, amo Tom! Seguro que tú no creerá que no sé ná sobre camisa, cuando Dió sabe que he cargao con el lavao de la ropa, desde que…

—Te digo que esto no tiene nada que ver con camisas. Yo solamente…

—¡Vaya, amo Tom! Tú has dicho, tú mimo… que una carta…

—¿Es que quieres volverme loco? ¡Cállate ya! Yo sólo utilicé esa palabra como una metáfora.

Aquel vocablo nos dejó de piedra por un instante. Entonces Jim, más bien tímidamente, porque se dio cuenta de que Tom se estaba poniendo muy susceptible, dijo:

—Amo Tom, ¿qué es una metáfora?

—Una metáfora es una…, bueno, es una… Una metáfora es una ilustración —se dio cuenta de que eso tampoco había dado en el blanco, de manera que lo intentó de nuevo—: Cuando digo que «los pájaros de plumas iguales se juntan en bandadas», es una manera metafórica de decir….

—Pero no es así, amo Tom. No señó, claro que no. No hay pluma que se paresca má que la del asulejo y la del arrendajo, pero si uno espera a pillarlo juntoj en la misma bandada, tendrá que esperar…

—¡Oh, danos un respiro! La más pequeña de las simplezas no puede atravesar esa mollera tuya. Ahora déjame, no me molestes más.

Jim estaba contento de callarse. Estaba increíblemente complacido consigo mismo, por haber pillado a Tom. En el preciso momento en que Tom comenzó a hablar de pájaros, yo sabía que estaba perdido, pues Jim sabe de ese tema más que nosotros dos juntos. Veréis, él había matado cientos y cientos de ellos: ésa es la forma de conocer a los pájaros. Así es como la gente escribe libros sobre pájaros y los aman tanto; aunque tengan hambre y estén cansados, se tomarán todo tipo de molestias para encontrar un pájaro nuevo y matarlo. Estas personas se llaman ornitólogos, yo mismo podría ser un ornitólogo, porque amo a todos los pájaros y criaturas; una vez intenté ser uno de ellos; entonces vi a un pájaro posado en una rama muy alta de un gran árbol, cantando, con la cabecita echada hacia atrás y el pico abierto y, antes de que pudiese darme cuenta, disparé. Así se terminó la canción. El pajarillo cayó derecho al suelo desde la rama, fláccido como un trapo, y yo corrí a recogerle, pero ya estaba muerto: su cuerpo estaba aún caliente entre mis manos, le colgaba la cabeza, hacia un lado y hacia el otro, el cuello se le había roto. Tenía una piel blanca alrededor de los ojos, y una pequeña gota de sangre a un costado de la cabeza, y…, ¡cielos!, no podía ver nada más porque los ojos se me habían llenado de lágrimas; desde entonces, nunca más he matado a ninguna otra criatura inofensiva, y ya no volveré a hacerlo.

Pero estaba fastidiado con lo de ese firmamento. Quería saber. Volví al asunto una vez más, y entonces Tom lo explicó de la mejor manera posible. Dijo que, cuando una persona pronuncia un gran discurso, los periódicos dicen que el clamor de la multitud hace resonar al firmamento. Cuentan que la gente siempre hace eso, pero nadie dijo lo que aquello significaba, de manera que todos están de acuerdo en que, cuando dicen «firmamento», se refieren a lo que está al aire libre y en lo alto. Bueno, pues aquello pareció bastar, así que quedé satisfecho, y así se lo hice saber. Entonces Tom pareció complacido y se puso de buen humor otra vez, diciendo:

—Bueno, muy bien entonces, lo pasado, pasado está. No sé con certeza lo que es el firmamento, pero, cuando aterricemos en Londres, haremos que resuene de cualquier manera, no lo olvidéis.

Dijo que un eronauta era una persona que navegaba por los alrededores en globos; y que quedaba muchísimo mejor, decir «Tom Sawyer, el eronauta» que no «Tom Sawyer, el viajero», y, si superábamos bien la travesía, se hablaría de nosotros por todo el mundo, de manera que le importaba un pimiento ya su fama anterior.

Hacia media tarde ya teníamos todo listo para aterrizar, nos sentíamos estupendamente y también muy orgullosos; mirábamos por los prismáticos, igual que si fuéramos Colón descubriendo América. Sin embargo, no podíamos ver nada que no fuese océano. Transcurrió la tarde entera, se apagó el sol, y todavía no avistábamos tierra por ninguna parte. Nos preguntábamos qué estaría pasando, pero convinimos en que pronto nos daríamos cuenta, así que continuamos escudriñando el Este, pero subimos un poco más arriba, no fuéramos a chocar con algún campanario o con las montañas en la oscuridad.

Me tocaba hacer guardia hasta la medianoche, y luego era el turno de Jim; sin embargo, Tom permanecía levantado, porque decía que los capitanes de los barcos velaban cuando estaban buscando tocar tierra, y no soportaban las guardias regulares.

Bueno, cuando amaneció, Jim pegó un alarido, y nos levantamos de un salto a ver qué pasaba. Allí había tierra, seguro. Había tierra todo a nuestro alrededor, tanta como uno pudiera alcanzar a ver, perfectamente llana y amarilla. No supimos cuánto tiempo habíamos estado sobrevolándola. No había árboles ni colinas; tampoco había piedras, ni rocas, ni pueblos, por eso Tom y Jim la confundieron con el mar. Lo hicieron cuando el mar estaba en completa calma; de todos modos, estábamos a tal altura, que por la noche todo tenía el mismo aspecto, todo parecía igual de suave, tanto el agua como la tierra.

Ahora estábamos entusiasmadísimos, y cogimos los prismáticos buscando Londres por todas partes, pero no le veíamos ni el pelo y tampoco el de ningún otro asentamiento. No había indicios de ningún lago, ni río tampoco. Tom estaba completamente perplejo. Dijo que no era ésta la idea que tenía de Inglaterra: él pensaba que Inglaterra se parecía a América, siempre lo había creído de ese modo. Así que convinimos en que lo mejor sería desayunar, y luego dejarnos caer por allí, y preguntar cuál era el camino más rápido para llegar a Londres. Abreviamos bastante el desayuno, pues estábamos demasiado impacientes. Luego comenzamos a descender, el tiempo comenzó a entibiarse, y muy pronto dejamos de lado las pieles. Sin embargo, continuó entibiándose, y en muy poco tiempo, estaba demasiado tibio. ¡Vaya!, en seguida habíamos comenzado a sudar a chorros. Estábamos ya rozando la tierra ¡y casi nos abrasábamos!

Bajamos a tierra cuando todavía estábamos a nueve metros del suelo. Esto es, si se puede llamar tierra a la arena, ya que esto no era más que pura arena. Tom y yo descendimos por la escala, y nos dimos una carrera para estirar las piernas, y nos sentimos asombrosamente bien. Bueno, en realidad, fue bueno tan sólo para estirar las piernas, ya que la arena nos abrasaba los pies como si fuesen ascuas ardiendo. Entonces vimos que alguien se acercaba y fuimos corriendo a verle; pero oímos que Jim chillaba, y nos dimos la vuelta: estaba allí casi danzando, haciendo señas y pegando alaridos. No podíamos descifrar qué era lo que intentaba decirnos, pero estábamos asustados de todos modos, y comenzamos a correr hacia el globo. Cuando estuvimos lo suficientemente cerca, entendimos sus palabras, y casi me pusieron enfermo:

—¡Corré! ¡Corré, por lo que más querái! ¡Ej un león, puedo verle con lo primático! ¡Salí pitando lo má rápido que podái, se ha escapao de una colesió de animale salvaje, no hay quien lo pare!

Aquello hizo que Tom saliera volando, y a mí me quitó en seguida todo el entumecimiento de las piernas. Tan sólo podía jadear durante todo el camino de regreso, como cuando le persigue a uno un fantasma en sueños.

Tom se hizo con la escala y esperó a que subiera; tan pronto como tuve un pie en el escalón, gritó a Jim para que elevase el globo. Pero Jim se había vuelto loco, y decía que se había olvidado cómo se hacía. De manera que Tom subió por la escala y me dijo que le siguiera, pero en aquel momento, llegaba el león dando unos rugidos tremendos en cada paso que yo daba, y mis piernas temblaban tanto, que no quería quitar una del escalón por miedo a que la otra cediera.

Una vez que Tom subió a bordo, elevó un poquito el globo, y luego lo detuvo de nuevo, en cuanto el final de la escala estuvo a tres o cuatro metros de distancia del suelo. Allí se quedó el león, dando vueltas debajo de mí, soltando una oleada de rugidos, dando saltos en el aire para alcanzar la escala, faltándole tan sólo unos milímetros, al menos así lo creía yo. Era delicioso estar fuera de su alcance, un perfecto deleite, y esto me hacía sentir maravillosamente, y muy agradecido por un lado; pero por otro, veía que me encontraba colgado allí, desamparado, y que no podía trepar, y eso hacía que me sintiera terriblemente desdichado y miserable. Es muy raro que una persona se encuentre tan confusa, y para nada recomendable.

Tom me preguntó qué sería lo mejor, pero yo no lo sabía. Me preguntó si podría sujetarme, mientras él encontraba un sitio más seguro y dejaba al león atrás. Le contesté que podría hacerlo, si no subía mucho más de donde ya estaba, pero si se elevaba demasiado, podría perder la calma y caerme, seguro. De manera que me dijo:

—¡Sujétate bien!

—¡No vayas tan rápido! —le grité—. ¡La cabeza me da vueltas!

Salió disparado como un tren expreso. Luego aminoró la velocidad, y comenzamos a deslizarnos más despacio sobre la arena, pero aún me mareaba, pues es incómodo ver cómo las cosas se deslizan y resbalan por debajo de uno, sin emitir un solo sonido.

Pero muy pronto tuvimos sonidos de sobra, pues se acercaba otro león. Su ruido atrajo la atención de los otros. Se podía ver cómo venían a la carrera desde todas direcciones, y en seguida se juntaron un par de docenas debajo de mí, dando saltos para alcanzar la escala, resoplando y dándose zarpazos el uno al otro; de manera que pasábamos casi rozando la arena, y estos tipos haciendo lo imposible para que no pudiésemos olvidar la ocasión. También vinieron algunos tigres, sin invitación, y armaron un bonito jaleo allá abajo.

Nos dimos cuenta de que este plan había sido todo un error. No podríamos escapar de ellos de esta manera, y yo no podría sujetarme eternamente. De manera que Tom se puso a pensar, y dio con otra idea. Ésta fue la de matar al león con el revólver del profesor, y luego salir volando, mientras las otras fieras se peleaban por el cadáver. Así que mantuvo quieto el globo y lo hizo, y luego nos elevamos, mientras dejábamos que continuase todo aquel lío. Entonces descendimos unos ochocientos metros más lejos, y me ayudaron a subir a bordo. Pero en el preciso momento en que ya estábamos fuera de su alcance, la banda se nos acercó una vez más. Y, cuando vieron que ya nos habían perdido y no podrían atraparnos, se sentaron sobre sus patas traseras con una expresión de desilusión tal, que era difícil que uno pudiese dejar de comprender su punto de vista en todo el asunto.

Capítulo 6

¡Es una caravana!

Me sentía tan debilitado, que lo único que quería era la oportunidad de tumbarme, así que me encaminé directamente a mi litera y allí me estiré un poco. Pero uno no podría recuperar fuerzas en un horno como aquél, de manera que Tom dio la orden de elevar el globo, y Jim comenzó a remontarlo. Y cuidado que es necesaria una considerable altura para librarse de las pulgas; Tom recordó aquella canción infantil: «Mary tenía un corderito, sus pulgas eran blancas como la nieve»; pues éstas no lo eran, pertenecían a una especie oscura, de las que siempre están hambrientas de cualquier cosa, y llegarían a comerse un pastel, de no encontrar a ningún cristiano cerca. Siempre que hay arena, encontraréis pulgas, y cuanta más arena haya, mayor será el enjambre. Por allí todo era arena, y el resultado fue en consecuencia. Nunca había visto un número semejante.

Tuvimos que remontarnos más de un kilómetro hasta poder encontrarnos con un tiempo agradable; y otro más aún para librarnos de aquellas criaturas; pero en cuanto comenzó a refrescar, saltaron por la borda. Luego bajamos de nuevo, y corría un brisa fresca y agradable, perfecta, y muy pronto me encontré recuperado completamente. Tom había permanecido sentado muy quieto y pensativo; pero de pronto dio un salto y dijo:

—¡Os apuesto mil dólares a que sé dónde estamos! ¡Estamos en el gran Desierto del Sahara, seguro!

Estaba tan entusiasmado que no podía quedarse quieto. Pero yo no, así que le contesté:

—Bueno, pero entonces ¿dónde está el gran Sahara? ¿En Inglaterra o en

Escocia?

—En ninguno de los dos sitios: está en África.

Los ojos de Jim se salieron de las órbitas, y comenzó a mirar fijamente hacia abajo, pues de allí procedían sus antepasados, pero yo no podía creerlo sino a medias, no podía, ¿sabéis? Me parecía espantoso haber viajado tan lejos.

Pero Tom estaba muy satisfecho con su descubrimiento, como él mismo lo llamaba, y decía que los leones y la arena significaba que estábamos en el Gran Desierto, sin ninguna duda. Dijo que, antes de que avistásemos tierra, podría haberse dado cuenta de que ya estábamos sobrevolándola si se hubiera parado a pensar tan sólo en una cosa; cuando le preguntamos de qué se trataba, nos dijo:

—Los relojes. Son cronómetros. Uno siempre lee acerca de ellos en los relatos sobre travesías en el mar. Uno de ellos mantiene la hora de Greenwich, el otro la de St. Louis, como mi reloj. Cuando dejamos St. Louis, eran las cuatro de la tarde en mi reloj, y también en éste, pero eran las diez de la noche en el reloj de Greenwich. Pues bien, en esta época del año, el sol se pone alrededor de las siete. Cuando me fijé en la hora ayer por la tarde al ponerse el sol, eran las cinco y media según el reloj de Greenwich, y las once y media de la mañana por mi reloj y el de St. Louis. Veréis, el sol se apagó, y según mi reloj el de Greenwich iba con seis horas de adelanto; pero hemos volado tan hacia el Este, que dentro de apenas una hora y media, se pondrá el sol según el reloj de Greenwich. Ahora bien, yo tengo una diferencia de... más de cuatro horas y media. ¿Veis? Eso significa que nos estamos acercando mucho a la longitud de Irlanda, y habríamos llegado allí de haber mantenido el rumbo..., pero no lo hicimos. No, señor. Hemos estado dando vueltas..., dando vueltas hacia el sudeste y, en mi opinión, estamos en África. Mirad este mapa. ¿Veis cómo el hombro de África apunta hacia el Oeste? Imaginaos lo rápido que hemos viajado; si hubiésemos seguido hacia el Este, a estas alturas haría rato que habríamos pasado Inglaterra. Esperaremos hasta el mediodía, nos pondremos de pie, y cuando no veamos nuestra sombra, nos daremos cuenta de que el reloj de Greenwich estará a punto de marcar las doce. Sí, señor, creo que estamos en África. ¡Y eso es genial!

Jim estaba observando con los prismáticos. Meneó la cabeza y dijo:

—Amo Tom, me parese que hay un erró en alguna parte: todavía no he visto ningún negro.

—Eso no significa nada; ellos no viven en el Desierto. ¿Qué es aquello que se ve a lo lejos? ¡Dame los prismáticos!

Estuvo mucho rato mirando con ellos, y dijo que veía una especie de cuerda negra extendiéndose por toda la arena, pero que no podía adivinar lo que era.

—Bueno —dije yo—, me parece que ahora se te ha presentado la oportunidad de averiguar por dónde anda este globo, pues lo más probable es que sea una de esas líneas que aparecen en el mapa y que tú llamas meridiano de longitud. Tal vez podríamos bajar, y mirar qué número tiene, y…

—¡Oh, caray, Huck Finn! ¡Nunca he visto un bolonio más grande que tú! ¿Acaso supones que los meridianos de longitud están pintados sobre la tierra?

—Tom Sawyer, aparecen en el mapa, lo sabes muy bien, y allá abajo tienes uno, lo puedes comprobar por ti mismo.

—Por supuesto que aparecen en el mapa, pero eso no quiere decir nada, no hay ninguno en el suelo.

—Tom, ¿estás seguro de eso?

—Naturalmente que sí.

—Bueno, pues entonces el mapa miente otra vez. Nunca he visto un mentiroso más grande que el mapa.

Aquello le puso hecho un basilisco, así que yo ya estaba preparado para hacerle frente. Jim estaba todavía rumiando su opinión también, y al minuto siguiente habríamos empezado una nueva discusión, de no haber sido porque Tom dejó caer los prismáticos y comenzó a aplaudir como un fanático, gritando:

—¡Camellos! ¡Camellos!

Así que cogí los prismáticos, luego Jim hizo lo mismo, y echó un vistazo, pero me sentí desilusionado, y dije:

—¡Camellos, tu abuelita! Son arañas.

—¿Arañas en el desierto, so merluzo? ¿Arañas caminando en procesión? Nunca reflexionas, Huck, y no creo que tengas nada con qué reflexionar. ¿No te das cuenta de que estamos a más de un kilómetro del suelo, y que esa cinta que se arrastra está a más de tres kilómetros de distancia? ¡Demonios! Arañas. ¿Arañas del tamaño de una vaca? Tal vez quieras bajarte y ordeñar alguna. Son camellos, seguro. ¡Es una caravana! Eso es lo que es. Y mide más de un kilómetro y medio de largo.

—Bueno, pues entonces bajemos y echémosle un vistazo. No creo que sea eso, y no lo creeré hasta que no lo vea y lo conozca.

—Muy bien —dijo él, dando la orden—: ¡Todo abajo!

Conforme fuimos bajando y adentrándonos en un clima más caluroso, pudimos ver que eran camellos, sin lugar a dudas. Caminaban pesadamente, una fila interminable de ellos, con fardos sujetos por correas, y cientos de hombres, vestidos con túnicas largas y blancas, y una cosa que parecía un chal envolviéndoles la cabeza. También llevaban colgantes con flecos y borlas; algunos de ellos tenían escopetas y otros no, algunos iban montados y otros caminando. Y el clima…, bueno, era para achicharrarse. ¡Y qué despacio se arrastraban! De repente bajamos, y nos mantuvimos a poca distancia de ellos.

Cuando nos vieron, todos los hombres comenzaron a chillar, algunos se tumbaron sobre sus estómagos, otros comenzaron a dispararnos y el resto salió de estampía en todas direcciones, lo mismo que los camellos.

Uno podía darse cuenta de que estábamos causándoles problemas, así que nos subimos otra vez hasta donde el clima estaba más fresco, y los observamos desde allá arriba. Les llevó cerca de una hora poder juntarse todos de nuevo y formar la caravana; reanudaron entonces su lenta marcha, pero pudimos ver a través de los prismáticos que no prestaban demasiada atención a nada que no fuéramos nosotros. Avanzábamos a paso de tortuga, observándolos con los prismáticos, cuando, al cabo de un breve espacio de tiempo, vimos un cúmulo de arena, y algo parecido a personas se encontraban del otro lado. Había también algo semejante a un hombre, tumbado en lo alto de la montaña de arena, que levantaba la cabeza de vez en cuando, y que parecía estar observando la caravana, o tal vez a nosotros, eso no lo sabíamos con certeza. Cuando la caravana estuvo más cerca, se arrastró sigilosamente hacia el otro lado, y arengó a los demás hombres y caballos (finalmente, eran eso), y los vimos montar apresuradamente; luego vinieron galopando como si tuviesen la casa ardiendo, provistos de lanzas y escopetas, todos chillando lo mejor posible.

Cayeron sobre la caravana, y al instante chocaron ambos bandos, y se formó gran revoltijo, seguido de un estallido de escopetas tal que no podríais imaginároslo. El aire estaba tan lleno de humo que sólo se podían ver pequeños atisbos de lo que estaba sucediendo. Habría unos seiscientos hombres en aquella batalla, y era un espectáculo terrible. Se dividieron entonces en bandas y grupos, y peleaban con uñas y dientes, correteando y dispersándose de acá para allá, arrojándose unos sobre otros; y cuando el humo se disipó un poquito, podían verse personas heridas, muertos, y camellos desparramados por toda la región, y más camellos huyendo en todas direcciones.

Por fin, los ladrones se dieron cuenta de que no podían ganar, así que su jefe emitió una señal, y todo lo que había quedado de ellos se batió en retirada y salió correteando por toda la llanura. El último hombre en huir arrebató a un niño y lo subió a lomos de su caballo, una mujer salió gritando y suplicando, y siguió al hombre durante un largo trecho, hasta que estuvo muy lejos de su gente; pero fue inútil, tuvo que darse por vencida, y la vimos desplomarse en la arena, cubriéndose el rostro con las manos. Entonces Tom se hizo con el timón, y salió zumbando a perseguir a aquel patán. Descendimos un poco y realizamos un giro hasta arrojarle del caballo, con niño y todo. El hombre quedó considerablemente aturdido, sin embargo el niño no sufrió daño alguno, pero se quedó allí, moviendo los brazos y las piernas en el aire, como si fuese un escarabajo volatinero que, si yace sobre el lomo, no puede darse la vuelta. El hombre salió tambaleándose a recuperar su caballo, sin saber qué era lo que le había golpeado, pues para entonces nosotros ya estábamos elevándonos de nuevo.

Creímos que la mujer iría a recoger al niño, pero no lo hizo. Pudimos ver, mediante los prismáticos, que permanecía sentada allí en la arena, con la cabeza metida entre las rodillas; de manera que supusimos que no había visto nuestra hazaña, y pensaba que el hombre habría desaparecido llevándose al niño. Se encontraba a unos ochocientos metros de su gente, así que pensamos bajar a recoger al niño, que se hallaba a unos cuatrocientos metros por delante de ella, y dejárselo sigilosamente antes de que la gente de la caravana pudiese hacernos algún daño. Igualmente pensamos que ellos tendrían bastante trabajo entre manos, atendiendo a los heridos. Acordamos que aquélla era nuestra oportunidad, y descendimos y nos detuvimos para que Jim arrojase la escala y cogiera al crío, el cual era una cosita regordeta, con muy buen humor también, si se tiene en cuenta el hecho de que acababa de dejar atrás una batalla y había sido tumbado de un caballo. Luego fuimos a buscar a su madre, y nos detuvimos detrás de ella, a una distancia prudencial; entonces Jim descendió del globo y avanzó sigilosamente, y cuando ya se encontraba cerca de ella, el niño dijo «gu-gu», como hacen los niños. Cuando la mujer le oyó, giró rápidamente y dio un alarido de alegría, dio un salto para coger y abrazar al chavalito, luego lo dejó en el suelo y le dio un abrazo a Jim, luego se quitó una cadena de oro y se la puso alrededor del cuello, lo abrazó de nuevo, y levantó al niño apretándolo contra su pecho, sollozando y bendiciendo todo el tiempo. Entonces Jim volvió al globo enseguida, y remontamos el vuelo, y la mujer se quedó mirándonos fijamente, con el pequeñín sentado sobre sus hombros y sus bracitos alrededor de su cuello. Y allí permaneció de pie, hasta que nosotros desaparecimos en el cielo.

Capítulo 7

Tom respeta a la pulga

—¡Mediodía! —gritó Tom.

Y así era. Su sombra era tan sólo una mancha alrededor de sus pies. Echamos un vistazo al reloj de Greenwich, y comprobamos que la diferencia que aún faltaba para que fueran las doce exactamente apenas era significativa. Así que Tom dijo que Londres se encontraba exactamente al norte de nosotros, o bien al sur. En uno de los dos sitios, y también le parecía que, por el clima, la arena y los camellos, Londres se encontraba al Norte; y a bastantes kilómetros incluso; tantos, creía él, como los que había desde la ciudad de Nueva York hasta México.

A Jim le parecía que un globo era la cosa más rápida del mundo, a excepción tal vez de algunas especies de pájaros…, un palomo salvaje, o quizá el tren.

Pero Tom dijo que él había leído acerca de ferrocarriles en Inglaterra que rozaban los ciento sesenta kilómetros por hora como poco, y que no había un solo pájaro capaz de hacer lo mismo…, excepto uno, y ése era la pulga.

—¿Una pulga? ¡Vaya, amo Tom! En primé lugá, eso no ej un pájaro, estrictamente hablando…

—¿Así que no es un pájaro? Bueno, entonces ¿qué es?

—No lo sé mú bien, amo Tom. Pero sospecho que es sólo un animal. No, creo que eso tampoco vale, tampoco, no es lo suficientemente grande como para ser un animal. Debe ser un bicho. Sí, señó, eso é lo que é, ej un bicho.

—Yo apostaría a que no. Pero dejémoslo ahí. ¿Y en segundo lugar?

—Bueno, en segundo lugar, los pájaros son criaturas que recorren grandes distancias. Una pulga, no.

—Así que no, ¿eh? Venga ya, ¿qué es una gran distancia, si puede saberse?

—Pues… son kilómetros, y miles de ellos…, cualquiera puede saber eso.

—¿Puede un hombre caminar kilómetros?

—Sí, señó, sí puede.

—¿Tantos como un tren?

—Sí, señó, si le das tiempo.

—¿Y una pulga podría?

—Bueno…, supongo que sí…, si se le concede muchísimo tiempo.

—Entonces te das cuenta de que la distancia no cuenta en absoluto, ¿verdad? Es el tiempo que te lleva recorrerla lo más importante, ¿no es cierto?

—Bueno, eso parece, aunque yo no lo hubiese creído, amo Tom.

—Es cuestión de proporciones, eso es; y si empiezas a medir la velocidad de una cosa por su tamaño, ¿dónde quedaría el pájaro, el hombre y el tren comparados con una pulga? El hombre más rápido no puede correr más de dieciocho kilómetros en una hora…, no más de diez mil veces su propia longitud; pero todos los libros dicen que cualquier pulga común de tercera clase puede saltar ciento cincuenta veces su propia longitud; sí, y también puede dar cinco saltos por segundo…, setecientas cincuenta veces su propio tamaño en un pequeño segundo…, y además, no pierden tiempo deteniéndose para volver a empezar, sino que hacen ambas cosas al mismo tiempo, continuamente: intenta poner tu dedo sobre ella y verás; ahora bien, habíamos dicho que se trataba del andar de una pulga común, de tercera clase; pero si coges una italiana, de primera clase, que haya sido la mascota de la nobleza durante toda su vida, sin haber sabido nunca lo que era la necesidad, la enfermedad o el desamparo, puede saltar trescientas veces su propio tamaño, y mantenerse así todo el día sin parar, saltando cinco veces por segundo, lo cual es mil quinientas veces su longitud. Muy bien, supongamos ahora que un hombre tuviese que recorrer mil quinientas veces su propia longitud en un segundo, pongámosle… ¿unos dos kilómetros y medio? Ésos son unos ciento cuarenta y cinco por minuto; eso es considerablemente más que unos ochocientos kilómetros por hora. ¿Qué me dices ahora del hombre? Sí, ¿y también de tu pájaro, el tren o el globo? ¡Recórcholis! No valen un pimiento si los comparamos con la pulga. Una pulga es un cometa endemoniadamente pequeño.

Jim estaba atónito, y yo también; entonces dijo:

—¿Eso número son asolutamente sierto, o son sólo una broma, amo Tom? ¿No son mentira?

—Son ciertos; es la pura verdad.

—Bueno, puej entonce, vamo a respetá a la pulga. Antes, no me inspiraban ningún respeto, sólo un poco. Pero ya no le vamo a dá má vuelta, se lo meresen, eso é sierto.

—Bueno, apuesto a que sí. Tienen mucho más sentido común, cerebro y talento, en proporción a su tamaño, que cualquier otra criatura en el mundo. Una persona puede aprender casi todo; ellas lo aprenden más rápido que cualquier otra criatura también. Han aprendido a tirar de pequeños carritos, utilizando pequeños arneses, y los llevan para un sitio o para otro, según se lo ordenen. Sí, y además aprenden a marchar y a hacer ejercicio, como cualquier soldado. Han aprendido toda clase de cosas problemáticas y difíciles. Supongamos que pudieseis criar a una pulga hasta que alcanzara el tamaño de un hombre, y que mantuviera esta inteligencia natural creciendo y creciendo, hasta hacerse cada vez más mayor y más grande, y más y más aguda, en la misma proporción..., ¿qué crees que pasaría con la raza humana? La pulga sería el presidente de los Estados Unidos, y nada podrías hacer para evitarlo, como tampoco se pueden evitar los relámpagos.

—¡Diablos, amo Tom! Nunca hubiese pensado que estaban tan serca de la perfesión. No, señó, no tenía nidea deso, é verdá.

—Son muy superiores, con diferencia, a cualquier otra criatura, hombre o bestia, en proporción a su tamaño. Es la más interesante de todas. La gente habla mucho de la fuerza de las hormigas, del elefante o de una locomotora. ¡Bah! Todo eso no puede compararse con la pulga. Pueden levantar doscientas o trescientas veces su propio peso. Nadie puede superarla ni por asomo. Más aún: tiene sus propias y particulares opiniones y no puedes engañarlas; su instinto, o criterio, o como se llame, es perfectamente claro y sensato, nunca cometen un error. La gente piensa que a las pulgas les gustan todos los humanos, pero esto no es verdad. Hay tipos a los cuales ni se les acercan, tengan o no hambre, y yo soy uno de ellos. Nunca he tenido una encima en toda mi vida.

—¡Amo Tom!

—Es verdad, no estoy de broma.

—Bueno, vaya, nunca antej había oído nada igual.

Jim no podía creerlo, y yo tampoco; de manera que tuvimos que bajar a la arena, coger un poco y comprobar si eso era verdad. Tom tenía razón. Acudieron a millares a picarnos a mí y a Jim, pero ninguna se posó sobre Tom. No había explicación para lo ocurrido, pero era así, no había que darle más vueltas. Tom dijo que siempre le había sucedido lo mismo, y que ya podía estar en medio de un millón de ellas, que nunca le tocaban o le molestaban.

Subimos a donde hacía un tiempo más frío para refrescarnos, y permanecimos allí durante un ratito; luego descendimos hasta encontrar un clima más agradable, y volamos perezosamente, a unos treinta o cuarenta kilómetros por hora, tal como habíamos estado haciendo durante las últimas horas. La razón era que, cuanto más permanecíamos en aquel pacífico y solemne Desierto, la prisa y la agitación parecían tranquilizarse en nosotros, entonces nos sentíamos más felices y contentos, satisfechos con aquella sensación. Y cuanto más nos gustaba el Desierto, más nos encariñábamos con él. De manera que, como iba diciendo, bajamos la velocidad y nos dedicamos a pasar el tiempo holgazaneando noblemente, algunas veces mirábamos a través del catalejo, otras nos estirábamos en nuestras literas, o echábamos una siestecita.

Todo parecía distinto a cuando estuvimos ansiosos por ver tierra y bajar. Pero teníamos que sobreponernos a ese sentimiento... sin lugar a dudas. Ya nos habíamos acostumbrado al globo, no teníamos ningún temor, y tampoco deseábamos estar en ninguna otra parte. Parecía que nos encontrábamos en casa, como si hubiésemos nacido y nos hubiésemos criado en él, Jim y Tom decían lo mismo. Siempre había tenido gente odiosa a mi alrededor, gruñéndome, molestándome y rezongando. Algunos me encontraban faltas, armaban jaleo y me incomodaban, me daban de palos y la tenían tomada conmigo, obligándome a hacer esto o aquello, siempre eligiendo las cosas que yo no deseaba hacer, y luego me sacudían de lo lindo cuando haraganeaba o se me ocurría hacer otra cosa. Le amargaban la vida a uno todo el tiempo; pero aquí arriba en el cielo todo estaba tan tranquilo, encantador y lleno de sol, había mucho para comer, y mucho por dormir, extrañas cosas para ver, ninguna buena gente que nos gruñera ni molestara, estábamos todo el tiempo de vacaciones. ¡Cielos! No tenía ningún prisa por bajar y volver a la civilización de nuevo. Ahora bien, una de las peores cosas de la civilización es que cualquiera que recibe una carta con malas noticias viene y te cuenta todo sobre el asunto y te hace sentir mal. Los periódicos cuentan los problemas de todo el mundo, y hace que te sientas descorazonado y lúgubre la mayor parte del tiempo; es una carga muy pesada para una persona. Detesto los periódicos; odio las cartas; y si estuviera en mis manos, no dejaría que nadie cargase con sus problemas de ese modo a alguien que no tiene nada que ver en el asunto y que encima vive al otro lado del planeta. Bueno, aquí arriba, en el globo, no hay nada de eso, y es el lugar más delicioso que existe.

Cenamos, y la noche era una de las más hermosas que yo haya visto nunca. La luz de la luna hacía que pareciese de día, sólo que era muchísimo más suave. Entonces vimos aparecer un león, de pie allí solo, como si estuviese completamente solo en la tierra, y su sombra yacía sobre la arena, como un charco de tinta. Así era la luz de luna que teníamos.

Nos tumbamos sobre la espalda y charlábamos principalmente, no queríamos ir a dormir. Tom decía que en aquel momento estábamos en medio de Las mil y una noches. Dijo que había sido justo allí en donde sucedió una de las cosas más hermosas del cuento; así que miramos hacia abajo y estuvimos observando el sitio, mientras Tom nos hablaba de él, pues no hay nada tan interesante como mirar un lugar que está en un libro y sobre el cual has oído hablar. Era un cuento sobre un camellero que había perdido su camello, y se puso a buscarlo por el desierto, hasta toparse con otro hombre, al que preguntó:

—¿Se ha topado usted con algún camello hoy?

Y el hombre le contestó:

—¿Estaba ciego del ojo izquierdo?

—Sí.

—¿Le faltaba un diente en la mandíbula superior?

—Sí.

—¿Estaba cojo de la pata trasera izquierda?

—Sí.

—¿Iba cargado con un saco de semillas de mijo por un lado, y miel por el otro?

—Sí, pero no creo que necesitemos entrar más en detalles… Es ese mismo, y tengo prisa. ¿Dónde lo ha visto?

—No lo he visto en absoluto —respondió el hombre.

—¿Que no le ha visto? ¿Entonces cómo puede describirlo con tanta exactitud?

—Porque, cuando una persona sabe utilizar sus ojos, cualquier cosa tiene un significado para él; pero a la mayoría de la gente los ojos no le sirven para nada. He sabido que por aquí había pasado un camello, porque he visto sus huellas. Supe que estaba cojo de la pata izquierda, porque intentaba aliviar esa pezuña apoyándola suavemente y sus huellas así lo demostraban. Supe que estaba ciego del ojo izquierdo, porque sólo mordisqueaba la hierba del lado derecho del camino. Supe que había perdido el diente de arriba porque las huellas de los mordiscos sobre el césped lo delataban. Las semillas de mijo caían por un lado, me lo decían las hormigas; la miel se derramaba por el otro, eso lo revelaron las moscas. Ya ve que lo sé todo acerca de su camello, pero no me he cruzado con él.

Jim dijo:

—Sigue, amo Tom, ej una historia buenísima, y muy interesante.

—Eso es todo —dijo Tom.

—¿Todo? —exclamó Jim perplejo—. ¿Qué pasó con el camello?

—No lo sé.

—Amo Tom, ¿no lo dice el cuento?

—No.

Jim seguía sorprendido, luego preguntó:

—¡Bueno! Ése es el cuento más raro con el que m'encontrao. En el momento en que llega al punto máj interesante, se acaba. ¡Vaya, amo Tom! No tiene sentío que un cuento se comporte así. ¿No tienej idea si el hombre recobró o no su camello?

—No.

Yo mismo pensé que la historia no tenía sentido, acabar así de golpe, sin convertirse en nada, pero no iba a decirlo, porque me daba cuenta de que Tom se estaba disgustando mucho sobre la manera como surgió la historia y el modo que había tenido Jim de dar en su punto débil. No creo que sea justo para nadie exagerar con alguien cuando se encuentra en baja forma. Pero Tom se giró hacia mí y me preguntó:

—¿Qué es lo que tú piensas de la historia?

Claro, entonces tuve que ir y confesar que compartía la opinión de Jim: si un cuento acababa en plena mitad, sin llegar a nada, realmente no merecía la pena contarlo.

Tom dejó caer la barbilla sobre su pecho, y en lugar de ponerse furioso, como creí que estaría al escuchar cómo me burlaba de su cuento, parecía estar solo triste; y entonces dijo:

—Algunos pueden ver, otros no… Es exactamente lo que aquel hombre había dicho. Dejemos en paz al camello: si hubiese pasado un ciclón, vosotros, cernícalos, no habríais notado sus huellas siquiera.

No sé qué quiso decir con eso, y él ya no lo explicó; era tan sólo una más de sus salidas, supongo: estaba lleno de ellas y las decía algunas veces, cuando no tenía escapatoria, pero no me importó. Habíamos descubierto muy hábilmente el punto débil de la historia, y él no podía escapar a ese pequeño hecho. Aquello le molestó muchísimo, supongo, por más que intentase disimularlo.

Capítulo 8

El lago invisible

Desayunamos muy temprano por la mañana, y nos sentamos a contemplar el Desierto. El clima nunca había estado tan fresco y encantador, y eso que no volábamos muy alto. Había que descender cada vez más abajo después de la puesta del sol, porque en el Desierto refresca muy rápido; así que, cuando empezaba a atardecer, íbamos rozando el suelo, sólo un poquito nada más, por encima de la arena.

Estábamos observando la sombra del globo deslizándose en el suelo, y de vez en cuando nuestros ojos iban recorriendo el Desierto, para descubrir cualquier cosa que pudiera moverse; luego volvíamos a mirar la sombra; de repente, justo debajo de nosotros, vimos un montón de hombres y camellos esparcidos en torno, completamente inmóviles, como si estuvieran dormidos.

Desconectamos la energía del globo, volamos un poco hacia atrás y nos situamos encima de ellos. Entonces pudimos comprobar que estaban todos muertos. Aquello nos dio escalofríos; nos hizo bajar el tono de voz y comenzamos a susurrar, como suele hacer la gente en los funerales. Por fin, nos dejamos caer suavemente, y detuvimos el globo. Tom y yo descendimos por la escala, y nos colocamos entre ellos: allí había hombres, mujeres y niños. Estaban resecos por el sol, oscuros, marchitos y duros como la suela de un zapato, como las figuras de momias que se ven en los libros. Sin embargo, tenían una apariencia tan increíblemente humana, que parecían estar sólo dormidos. Algunos estaban tumbados de espaldas, con los brazos extendidos sobre la arena; otros estaban de lado; unos más, boca abajo, de forma muy natural, aunque también era cierto que mostraban los dientes más de lo habitual. Dos o tres estaban sentados. Una era una mujer, con la cabeza echada hacia atrás y un niño tendido en su regazo. Un hombre, también sentado, con los brazos rodeando sus rodillas, miraba fijamente con sus ojos sin vida a una jovencita que estaba completamente extendida delante de él. Tenía un aspecto tan lúgubre que daba lástima verle. Nunca habréis contemplado un lugar tan inanimado como éste. Al hombre le caía un mechón de pelo negro sobre las mejillas, y, cuando la más leve brisa lo agitaba, a mí me daban escalofríos porque parecía que estaba moviendo la cabeza.

Algunas personas y animales estaban parcialmente cubiertos por la arena, pero la gran mayoría no, pues allí era poco profunda, y debajo había una capa de grava dura. La mayor parte de las ropas estaban hechas trizas y se habían volado, dejando los cuerpos parcialmente desnudos; y cuando yo tocaba un harapo, se rompía sólo con el roce más leve, como si se tratase de una tela de araña. A Tom le parecía que aquella gente había estado tumbada allí durante años.

Algunos hombres tenían pistolas oxidadas a los lados, otros tenían espadas y también chales enrollados en la cintura y largas escopetas con adornos de plata sujetos en ellos. Todos los camellos conservaban aún sus cargas, pero los bultos habían estallado y podrido, y sus contenidos estaban derramados por el suelo. No nos parecía que las espadas fueran ya de ninguna utilidad para los muertos, así que cogimos una para cada uno, y también algunas pistolas. También nos llevamos una pequeña caja, porque era muy bonita y tenía hermosas incrustaciones; entonces quisimos enterrarlos, pero no había modo de hacerlo y tampoco se nos ocurría con qué realizarlo como no fuese con arena, la cual, por supuesto, no tardaría en volarse. En un primer momento, empezamos a cubrir primero a la pobre muchachita con unos chales que había en un fardo roto; pero, cuando estábamos a punto de hacerlo, el mechón negro del hombre se agitó de nuevo y nos dio un susto de muerte.

Así que nos detuvimos, pues parecía estar diciéndonos que no quería que cubriésemos a la niña, ya que así no podría verla nunca más. Creo que la quería mucho, y de haberlo hecho se hubiese sentido muy solo.

Luego volvimos a remontarnos y muy pronto salimos volando; la mancha negra de la caravana sobre la arena quedó fuera del alcance de nuestra vista, y ya nunca más volvimos a ver a aquella pobre gente. Nos preguntábamos, razonábamos e intentábamos adivinar cómo llegaron allí y qué les habría sucedido, pero no pudimos descubrirlo. En un primer momento pensamos que tal vez se habían perdido y que habían estado vagando por allí hasta que se les acabaron las provisiones y el agua, y entonces comenzaron a morirse de hambre; pero Tom dijo que no había animales salvajes ni buitres que hubiesen ido a toquetear los cadáveres, por lo que creía que no había sido eso. Así que, al final, nos dimos por vencidos, y decidimos no volver a pensar en ellos, pues nos ponía tristes.

Entonces abrimos la cajita, y vimos que contenía gemas y joyas, y algunos pequeños velos como los que tenían las mujeres muertas. Los bordes estaban adornados con curiosas monedas de oro que no conocíamos. Nos preguntábamos si sería mejor volver a buscarlos y devolverles el tesoro, pero Tom se lo pensó bien y dijo que no, que aquél era un país lleno de ladrones, que podrían venir a robarlo, y que sería un pecado volver a poner la tentación en su camino. Así que seguimos nuestro viaje; pero yo pensaba que ojalá hubiéramos vuelto a llevarnos todo lo que tenían, y así no les dejábamos ninguna tentación en absoluto.

Habíamos estado durante dos horas con un calor abrasador allá abajo, y cuando subimos a bordo estábamos terriblemente sedientos. Nos fuimos derecho a tomar agua, pero la encontramos sucia y amarga, y además estaba tan caliente, que podía escaldarse uno la lengua. No podíamos beberla. Era agua del río Misisipi, la mejor del mundo; entonces la agitamos con un poco de lodo, para ver si eso ayudaba, pero no, el lodo no estaba nada mejor que el agua.

Bueno, no habíamos estado tan, pero tan sedientos antes, cuando estábamos interesándonos por la gente perdida, pero ahora sí, y en cuanto comprendimos que no podíamos beber, nos sentimos treinta y cinco veces más sedientos que en el minuto anterior. Al poco tiempo, teníamos la boca abierta y jadeábamos como perros.

Tom dijo que nos mantuviéramos vigilando bien alertas por los alrededores, en todas partes, pues teníamos que encontrar un oasis, o de lo contrario, no sabía lo que podría pasar. De manera que así lo hicimos. Estuvimos mirando por todas partes con los prismáticos, hasta que nuestros brazos se cansaron, y ya casi no podíamos sostenerlos más. Dos horas…, tres horas…, venga mirar y mirar, y no veíamos más que arena y arena. Se podía ver el resplandor del calor agitándose sobre ella. ¡Qué horror, qué horror! Uno no sabe lo que es la miseria real hasta que no está completamente sediento y tiene la certeza de que no va a encontrar agua nunca más. Por fin, ya no pude soportar más el hecho de estar mirando por los alrededores y ver tan sólo llanuras ardientes, y me tumbé en mi litera, dándome por vencido.

Sin embargo, al poco tiempo, Tom pegó un grito, y ¡allí estaba! Un lago, amplio y enorme, con palmeras recostándose adormiladas sobre él: sus sombras sobre el agua eran tan suaves y delicadas, como nunca habréis visto otras. Yo tampoco había contemplado nada igual. Teníamos que recorrer un largo camino para llegar hasta allí, pero eso no nos importaba; pusimos el globo a una velocidad de ciento sesenta kilómetros por hora, y calculamos estar allí al cabo de siete minutos; pero el oasis permanecía todo el tiempo a la misma distancia, no veíamos que pudiéramos alcanzarlo; así era, lejano y brillante como un sueño y sin que pudiésemos acercarnos, hasta que, por fin, de repente ¡desapareció!

Los ojos de Tom se abrieron como platos, y exclamó:

—Muchachos, ¡era un espejismo!

Lo dijo como si estuviera contento. Yo no veía motivo alguno para alegrarse, y le dije:

—Tal vez. No me importa cómo se llama, lo que quiero saber es ¿qué ha sido de él?

Jim estaba temblando, tan asustado que no podía hablar, pero hubiese querido formular él mismo esa pregunta de haber podido. Tom dijo:

—¿Qué ha sido de él? Pues ya podéis comprobarlo por vosotros mismos: se ha ido.

—Sí, eso ya lo sé. ¿Pero adónde se ha ido?

Entonces me examinó diciéndome:

—Vamos a ver, Huck Finn, ¿dónde podría haber ido? ¿Es que no sabes lo que es un espejismo?

—No, no lo sé. ¿Qué es?

—No es nada más que imaginación. No existe.

Me enfadó un poco oírle hablar así, y le contesté:

—¿De qué sirve hablar de ese tipo de cosas, Tom Sawyer? ¿Es que no he visto el lago?

—Sí… Crees que lo has visto.

—Yo no creo nada, yo lo he visto.

—Y yo te digo que tampoco lo has visto… porque no había nada que ver.

A Jim le dejó perplejo oírle hablar de ese modo, y entonces intervino diciendo, en tono suplicante y afligido:

—Amo Tom, po favó, no siga disiendo esa cosa en tiempo tan difísile como éstos. No solamente te estáj arriesgando tú mimo, sino que noj arriesgaj a nosotro también…, del mismo modo que Ananía y Safira. El lago estaba allí…, y eso lo he visto tan claramente, como tú está viendo a Huck en este mimo istante.

Yo dije:

—¡Vaya! ¡Él también lo ha visto! Tom, tú has sido el primero en verlo. ¿Y ahora qué dices?

—Sí, amo Tom, así é…, no puede negarlo. Todo lo hemo visto, y eso prueba que estaba ahí.

—¡Que eso lo prueba! ¿Cómo puede probarlo?

—Igual que en la corte de todo el mundo, amo Tom. Una persona pué estar borracha o dormida o cualquier cosa, y hasta pué estar equivocada, pué que eso le pase incluso a do persona, tal ves; pero yo te digo, sabe, que cuando tré persona ven lo mismo, borracha o sobria, ej eso. No hay ninguna duda, y tú lo sabej, amo Tom.

—No sé yo nada parecido. Hay cuarenta mil millones de personas que ven al sol moverse de un sitio para otro en el cielo todos los días. ¿Acaso prueba eso que el sol lo haga?

—Claro que sí. Y aparte deso, no hay ocasión de comprobarlo. Cualquier tipo que teng'algo de sentido común no va a poner en duda algo así. Allí está ahora… navegando por el sielo, como siempre lo ha hecho.

Tom se dio la vuelta, y dirigiéndose hacia mí, dijo:

—¿Tú qué opinas? ¿El sol se está quieto?

—Tom Sawyer, ¿qué sentido tiene hacer semejante pregunta de borrico? Cualquiera que no sea ciego puede ver que el sol no está quieto.

—Bueno —dijo—, me encuentro perdido en el cielo, sin más compañía que un par de animales muy marranos, que no saben más que lo que sabría un rector de la universidad hace trescientos o cuatrocientos años. ¡Vaya, qué desastre, Huck Finn! En aquellos días hubo Papas que sabían tanto como tú ahora.

Yo le contesté:

—Arrojar lodo no es discutir, Tom Sawyer.

—¿Quién está arrojando lodo?

—Tú lo has hecho.

—Nunca. No es ninguna vergüenza, creo yo, comparar a dos zoquetes como vosotros de los campos de Missouri con un Papa, aunque fuera el más cascarrabias que se haya sentado alguna vez en el trono, así que es un honor para ti, para ti que eres un renacuajo. El Papa, ése sí que se las trae, no tú, y no podrías acusarle por decir palabrotas, ya que no las dicen. Ahora no, quiero decir.

—¿Seguro, Tom, que lo han hecho alguna vez?

—¿En la Edad Media? Era lo normal.

—¡No! No querrás decir realmente que decían tacos.

Esto hizo que sus pensamientos le dieran vueltas en la cabeza y que soltara un discurso, tal como solía hacerlo algunas veces, cuando se sentía en la cumbre, y le pedí que me escribiera la segunda mitad de lo que dijo, porque aquél parecía el discurso de un libro, difícil de recordar, y utilizaba palabras a las que yo no estaba acostumbrado, y que ya eran hasta bastante difíciles de deletrear:

—Sí, decían tacos. No quiero decir con esto que fueran despotricando por ahí como Ben Miller, ni tampoco que los dijeran del mismo modo. No, ellos utilizaban las mismas palabrotas, pero las colocaban de diferente manera, porque habían sido enseñados por los mejores maestros, y sabían cómo utilizarlas, lo cual es algo que Ben Miller no sabe. Él sólo pilla un taco de allí, otro de acá y otro de más allá, y no ha tenido ninguna persona competente que le enseñe. Pero ellos sí sabían. No era un acto frívolo el despotricar al azar, como el de Ben Miller, que comienza por cualquier parte y acaba en ningún sitio, no: era algo realizado científica y sistemáticamente; además era muy severo, solemne y terrible, no era algo para que lo oyeras y te rieras o te mantuvieras a distancia, como suele hacer la gente cuando ese pobre ignorante de Ben Miller empieza con lo suyo. Ahora bien, Ben Miller es el tipo de persona que puede estar insultando a alguien sin parar durante una semana, y eso no influiría en la persona más que el cacareo de un ganso; pero era una cosa completamente distinta cuando, en la Edad Media, un Papa educado para decir tacos los juntaba todos y se los echaba encima a algún rey, o a un reino, o a un herético, a un judío o a cualquiera que no le complaciera o que necesitara un repaso. No lo hacía a tontas y a locas, no: cogía al rey o a cualquier otra persona, y comenzaba desde arriba, insultándolo todo a lo largo, hasta llegar abajo, y lo hacía con sumo detalle: comenzaba con los pelos de su cabeza, los huesos de su esqueleto, los oídos de sus orejas, la vista de sus ojos, el aire en los orificios nasales, en sus partes vitales, sus venas, sus extremidades y sus pies, sus manos, la sangre y la carnes del cuerpo entero; continuaba con los amores de su corazón, con sus amigos, lo retiraba del mundo, despotricaba contra cualquier persona que le ofreciese comida para comer, o agua para beber, o cobijo y cama, o harapos para cubrirse cuando se estaba congelando. ¡Diablos! Era fenómeno hablar de esa manera de despotricar, y era la única en este mundo que merecía la pena llevarse a cabo: el hombre quedaba completamente derribado, su país derribado, mejor hubiese sido que se muriera cuarenta veces. ¡Ben Miller! ¡Se cree que él sabe insultar! ¡Vaya! El obispo campesino más pobre de la Edad Media, con un solo caballito, podría superarle ampliamente. En nuestros días, no sabemos lo que es decir tacos.

—Bueno —dije yo—. No hace falta que chilles, me parece que podemos continuar. ¿Puede un obispo insultar ahora como solía hacerlo antes?

—Sí, también han aprendido, porque es parte del protocolo en su preparación (una especie de retórica, podría decirse), y aunque él no les dé más utilidad que las chicas de Missouri al francés, tienen que aprenderlos igual que ellas, pues una chica de Missouri que no sepa decir paglé-vú, y un obispo que no sepa decir tacos, no tienen nada que hacer en esta sociedad.

—¿Es que ya no dicen ninguno en absoluto, Tom?

—Muy rara vez. Tal vez lo hagan en Perú, pero entre la gente que sabe algo ya no se acostumbra. Tampoco a nadie le importan más que los insultos de Ben Miller. Eso es porque ha pasado tanto tiempo, que ahora las personas saben tanto como los saltamontes en la Edad Media.

—¿Los saltamontes?

—Sí. En la Francia de la Edad Media, cuando los saltamontes comenzaron a comerse las cosechas, el obispo iba por los campos, poniendo una expresión muy solemne y les soltaba una retahíla de tacos de los más concienzudos. Lo mismo que lo hacía con un rey, un herético o un judío, como os estaba contando.

—¿Y qué hacían los saltamontes, Tom?

—Se partían de risa, ponían manos a la obra como al principio y continuaban devorando las cosechas. En la Edad Media, la diferencia entre un ser humano y un saltamontes es que los saltamontes no eran tontos.

—¡Oh, Dió mío! ¡Oh, Dió santo! ¡Allí está el lago de nuevo! —chilló Jim en ese momento—. Ahora bien, amo Tom, ¿qué tiene que desir?

Sí señor, allí estaba el lago otra vez, se veía a lo lejos en el Desierto, perfectamente claro, con árboles y todo, igual que antes. Yo dije:

—Creo que ahora sí que estarás satisfecho, Tom Sawyer.

—Sí, satisfecho, porque allí no hay ningún lago.

Jim le respondió:

—No hablej así, amo Tom…, da miedo oírte. Hase tanto caló, y tú está tan sediento, que a lo mejó no estáj en tu sano juisio, amo Tom. ¡Oh…! ¿No ej hermoso? No sé cómo vi a'sperá pa llegá'sta'llí. ¡Tengo tanta sé!

—Pues tendrás que esperar; de todos modos no serviría de nada que llegases hasta allí, pues no existe tal lago, de verdad.

Yo dije:

—Jim, no le quites el ojo de encima. Yo tampoco lo haré.

—Claro que no; y válgame Dió, cariño, no podría haselo aunque quisiera.

Continuamos volando de prisa, amontonando kilómetros detrás de nosotros como si nada, pero no podíamos aproximarnos al oasis ni siquiera un centímetro… ¡De repente, había desaparecido otra vez! Jim se tambaleó y estuvo a punto de caerse. Cuando recobró el aliento dijo, jadeando como un pez:

—Amo Tom, ej un fantasma, eso é lo que é, y Dió quiera que no veamoj otro má. Allí había un lago…, y entonsej algo susedió…, el lago se murió…, y lo que hemo visto es su fantasma; lo hemo visto do vese, y ésa é la prueba. El Desierto está embrujao, está embrujao, seguro; oh, amo Tom, vámono de aquí, preferiría morime que quedame aquí y que no'sorprendiese la noche, y el fantasma del lago volviese con su lamento, mientraj estamo dormido y no… no demo cuenta del peligro en el que noj emo metido.

—¡Un fantasma, so ganso! No se trata más que de calor, aire y sed mezclados por la imaginación de una persona. Si yo… ¡Dame los prismáticos!

Se apoderó de ellos y comenzó a observar hacia la derecha.

—¡Es una bandada de pájaros! —exclamó—. Se dirige en dirección al ocaso, y están en formación de abeja, siguiendo nuestro paso en dirección a algún sitio. Eso quiere decir algo: tal vez estén buscando comida o agua, o quizá ambas cosas. ¡Poned rumbo a estribor! ¡Virad a babor completamente! Así…, afloja un poquito…, quieto, mantente así como vas.

Disminuimos un poco la velocidad para no espantar a los pájaros, y comenzamos a seguirlos. Nos mantuvimos a unos metros de distancia detrás de ellos, y cuando les seguimos por espacio de una hora y media, empezamos a sentirnos muy descorazonados, con una sed insoportable, hasta que Tom dijo:

—Coged los prismáticos, uno de vosotros, y ved qué es eso, allá lejos por delante de los pájaros.

Jim echó una primera ojeada, y se dejó caer en la litera, angustiado. Estaba casi llorando, cuando dijo:

—Allí está otra vé, amo Tom, est'allí otra vé. Ya sé que me vi'a morí, pues cuando alguien ve un fantasma por tersera vé, eso é lo que quiere desí. ¡Ojalá nunca hubiese subido en este globo!

Y ya no miró más; lo que dijo me daba miedo a mí también, porque sabía que era verdad, ya que así había ocurrido siempre con los fantasmas; así que yo tampoco miré más. Ambos suplicamos a Tom que diésemos la vuelta y fuésemos hacia otro lado, pero él no quiso, y nos dijo que éramos unos charlatanes supersticiosos e ignorantes. Sí, dije yo, ya se pillará los dedos un día de éstos, insultar así a los fantasmas. Tal vez lo soportarán durante algún tiempo, pero eso no durará para siempre, pues cualquiera que conozca algo sobre fantasmas sabrá lo fácil que resulta herirlos, y también lo vengativos que son.

De manera que permanecimos completamente quietos y callados, Jim y yo muertos de miedo, y Tom manteniéndose ocupado. Al poco rato, Tom pidió que detuviésemos el globo, y dijo:

—Ahora, levantaos y mirad, inocentones.

Así lo hicimos, y, ¡era cierto!, había agua justo debajo de nosotros. Era clara, azul, fresca, profunda y ondulaba con la brisa. Era la visión más encantadora que yo haya contemplado. Había bancos de césped y flores por todas partes, y bosquecillos con frondosos árboles que daban mucha sombra, entremezclados con plantas trepadoras, y con un aspecto tan apacible y tranquilo, que casi daban ganas de llorar de tan hermoso.

Jim sí que lloró, completamente desatado ya, bailaba armando un gran jaleo, de tan agradecido y loco de alegría como estaba. Era mi turno de guardia, así que me tocaba permanecer haciendo algunos trabajos, pero Tom y Jim bajaron a beber un barril de agua cada uno y cogieron un montón para mí también. He probado muchas cosas buenas en mi vida, pero nada comparadas con el agua aquella. Entonces bajaron de nuevo y se dieron un baño, luego Jim tomó el relevo y Tom y yo dimos una carrera, y luego estuvimos boxeando, no recuerdo haberlo pasado mejor en toda mi vida. No tenía mucho calor, pues se acercaba el anochecer y, de todos modos, tampoco teníamos puestas nuestra ropa. La ropa está bien para el colegio, la ciudad, los bailes de etiqueta y demás, pero no tiene sentido llevarla donde no existe la civilización, ni ningún tipo de molestias o chinchorrerías.

—¡Leone! ¡Qué vienen lo leone! ¡De prisa amo Tom, subí, Huck! ¡Sálvese quien pueda!

¡Y vaya si corrimos! Ni nos paramos a recoger nuestras ropas, trepamos por la escala con los ojos cerrados. Jim perdió la cabeza completamente —siempre lo hacía, cada vez que se entusiasmaba o tenía miedo—; y entonces, en vez de subir un poco la escala para que no rozase el suelo, de manera que los animales no pudieran alcanzarla, salió disparado a la velocidad del rayo, y nos llevó pitando por el cielo, colgados de la escala durante un buen rato, antes de recobrar el sentido común y darse cuenta de la tontería que estaba haciendo. Entonces lo detuvo, pero se olvidó completamente de la maniobra siguiente; así que allí estábamos, dando tumbos por el aire, tan arriba que los leones parecían cachorritos.

Sin embargo, Tom consiguió trepar y subir al globo para recobrar el mando. Empezó entonces a descender, y a regresar al lago, donde los animales merodeaban como en una reunión campestre; por un momento, pensé que él también había perdido el juicio, pues sabía que yo estaba demasiado asustado para trepar. ¿No sería acaso su intención la de arrojarme entre los tigres y todas aquellas cosas?

Pues no. Estaba completamente cuerdo y sabía lo que estaba haciendo. Descendió hasta quedar a uno o dos metros por encima del lago y allí se detuvo. Entonces chilló:

—¡Suéltate rápido y déjate caer!

Así lo hice y caí al agua de pie; creí haber descendido por lo menos un kilómetro hacia el fondo; y, cuando salí a flote, me dijo:

—Ahora túmbate sobre la espalda y flota, hasta que descanses y recobres el valor; entonces sumergiré la escala y podrás trepar a bordo.

Así lo hice.

La verdad es que Tom era siempre así de listo, pues si hubiese salido disparado hacia cualquier sitio, yo me hubiera caído en algún sitio en la arena, las fieras nos hubiesen dado alcance y entonces habríamos tenido que seguir buscando un lugar a salvo, hasta que yo hubiese quedado hecho polvo y me hubiera caído.

Mientras tanto, los tigres y leones se habían hecho con nuestras ropas e intentaban repartírselas de manera que alcanzaran para todos, pero, teniendo en cuenta que algunos acaparaban más de lo que les correspondía, allí se armó una insurrección como no habréis visto otra en vuestra vida. Debía de haber cincuenta de ellos, todos mezclados, resoplando y rugiendo, dándose zarpazos, mordiéndose y desgarrándose mutuamente; todo eran colas, patas, arena y pelos en el aire, y ya no podía distinguirse a quien pertenecía cada cosa.

Cuando acabaron la pelea, unos estaban muertos, otros cojeaban tullidos, y el resto permanecía sentado en el campo de batalla, algunos lamiéndose las heridas mientras los demás nos miraban como invitándonos a bajar para pasar con ellos un rato divertido, pero nosotros no teníamos la menor intención de hacerlo.

En cuanto a las ropas, no quedaba ninguna. Hasta el último harapo de ellas estaba ya en el estómago de aquellos animales; lo cual no me parecía nada bien, puesto que los bolsillos estaban llenos de botones de bronce, navajas, tabaco, clavos, tizas, canicas, anzuelos de pesca y cosas diversas. Pero no me importaba. Lo que más me molestaba era que no nos quedaban más que las ropas del profesor, una gran colección, pero no demasiado apropiada para recibir visitas, en caso de que nos cruzásemos con alguna, ya que los pantalones eran largos como túneles, y las chaquetas y demás cosas en concordancia. Aun así, había allí todo lo que un sastre pudiese necesitar, y Jim era un sastre bastante rápido, así que nos aseguró que pronto podría recortarnos uno o dos trajes, para sacarnos del apuro.

Capítulo 9

Las disertaciones de Tom en el desierto

Sin embargo, pensamos que nos dejaríamos caer de nuevo por allí un rato más, pero esta vez con otra misión. La mayor parte de las provisiones del profesor estaba conservada en latas de una manera muy novedosa que alguien acababa de inventar. Si lleváis un filete, desde Missouri hasta el Gran Sahara, deberéis tener mucho cuidado de manteneros en un clima lo más fresco posible. Nuestra temperatura había sido muy buena, hasta que nos detuvimos demasiado tiempo entre aquella gente muerta. Aquello arruinó el agua, y sazonó el filete hasta tal punto, que estaría bien para un inglés, dijo Tom, pero era demasiado raro para los americanos; así que los tres acordamos que volveríamos al mercado de los leones, para ver qué podíamos encontrar allí.

Sacamos otra vez la escala y nos colocamos justo encima de los animales, y entonces bajamos una cuerda con un lazo corredizo, e izamos un león muerto, uno pequeño y tierno, y luego pillamos a un cachorro de tigre con un buen tirón. Tuvimos que mantener alejado al grupo a punta de revólver, para evitar que les diera por echarnos una mano en las tareas y ayudar.

Nos aprovisionamos con bastante carne de los dos, y cuidamos de salvar las pieles, y entonces echamos el resto por la borda. Luego cebamos algunos de los anzuelos del profesor con carne fresca, y nos dispusimos a pescar.

Detuvimos el globo justo encima del lago, manteniéndonos a una distancia prudencial, y cogimos un montón de peces, de los más bonitos que hayáis visto. Tuvimos la cena más sorprendente de nuestras vidas: filete de león, filete de tigre, pescado frito y sopa de maíz caliente. No creo que exista nada mejor.

También tuvimos algo de fruta para terminar la comida. La cogimos de la copa de un árbol monstruosamente alto. Era un árbol muy delgado, y no tenía una sola rama desde el suelo hasta la copa: desde allí, se abría como un plumero. Era una palmera, claro; cualquiera reconoce una palmera al minuto de verla, por las ilustraciones que hay de ellas. Nos pusimos a buscar cocos en una, pero no encontramos ninguno. En cambio, estaba llena de racimos de cosas que parecían uvas grises demasiado grandes, y Tom dijo que eran dátiles, pues respondían a la descripción que había de ellos en el libro de Las mil y una noches, y en otros más. Claro que podía ser que no fuesen venenosos, pero podía ocurrir que sí; así que esperamos un ratito y observamos si los pájaros los comían. Lo hicieron, así que nosotros también, y estaban buenísimos.

Para entonces surcaban todo el cielo unos pájaros gigantescos: podían verse con los prismáticos, cuando todavía estaban demasiado lejos para verlos a simple vista. La carne muerta era demasiado fresca para despedir cualquier olor, al menos cualquiera que pudiese alcanzar a un pájaro que se encontraba a ocho kilómetros de distancia; así que Tom dijo que los pájaros no podían haber averiguado que allí había carne por el olor, tenían que haberla visto. ¿No os parece que tenían una vista extraordinaria? También nos dijo que, a aquella distancia, un grupo de leones se vería más pequeño que la uña del dedo de una persona, y que no tenía ni idea de cómo habrían hecho para distinguir algo tan chiquito desde tan lejos.

Resultaba muy extraño y antinatural ver cómo los leones se comían a otros leones, y nos pareció que no debían ser parientes. Pero Jim dijo que eso no tenía la menor importancia. Dijo que los cerdos eran aficionados a comerse a sus propios hijos, y que también lo eran las arañas, y que un león podría parecerle un poco carente de escrúpulos, pero tampoco demasiado. Era posible que no se comiera a su propio padre, si es que sabía cuál era, pero que no tendría muchos reparos en comerse a su cuñado si en ese momento tenían un hambre atroz, o quizá también a su suegra, cuando hiciera falta. Sin embargo, las suposiciones no quieren decir nada. Puedes estar haciendo suposiciones hasta el día del Juicio Final, y no llegar a ninguna conclusión. Así que nos dimos por vencidos y lo dejamos.

Generalmente, las noches en el Desierto eran muy tranquilas, pero esta vez teníamos música. Un montón de animales vinieron a cenar: escurridizas fieras que aullaban y que Tom creía que eran chacales, y otras de lomos curvados, que él suponía que eran hienas; todas ellas armando un jaleo infernal con sus furiosos rugidos. A la luz de la luna, formaban un cuadro completamente distinto a los que yo había visto. Subimos rápidamente hasta colocarnos sobre la copa de un árbol, pero no soportamos hacer ninguna guardia, y todos nos fuimos a dormir; sin embargo, yo me levanté dos o tres veces para observar a los animales y escuchar su música. Era como tener gratis una butaca de primera fila en una casa de fieras, lo cual era algo que yo nunca había hecho antes, y me parecía una tontería irme a dormir y perdérmelo, ya que podría ser que no volviera a presentarse una oportunidad así.

De madrugada volvimos a pescar, y luego haraganeamos durante todo el día en la sombra frondosa que había en una isla, turnándonos con la guardia, y vigilando que ninguno de los animales se nos acercara a curiosear por allí, buscando eronautas para cenar. Íbamos a marcharnos al día siguiente, pero no podíamos, todo era demasiado encantador.

Al otro día, cuando nos elevamos en el cielo y salimos navegando rumbo al Este, permanecimos contemplando el lugar que dejábamos detrás, hasta que se convirtió en una mera manchita en el Desierto, y os puedo asegurar que era como decir adiós a un amigo, al que no verás nunca más.

Jim estaba pensando, y al cabo de un rato, dijo:

—Amo Tom, creo que hemos llegao al final del Desierto, digo yo.

—¿Por qué?

—Bueno, eso salta a la vista. Tú sabe cuánto hase que estamo dando vuelta por ensima. Me parese que ya hemo visto demasiá. Ya no debe quedá máj arena.

—¡Caray! Hay suficiente arena, no tienes que preocuparte.

—¡Oh, yo no me preocupo, amo Tom!, sólo me preguntaba, eso é todo. El Señó tiene sufisiente arena, no me cabe la menó duda; sin embargo, no creo que vaya a desperdisiala desa manera; además creo que el Desierto ya é bastante grande, tal como ya'mo visto, y cuesta mucho estendé l'arena por ensima.

—¡Venga hombre, cállate ya! No hemos hecho más que empezar a atravesar el Desierto. Estados Unidos es un país bastante grande, ¿verdad? ¿No es cierto, Huck?

—Sí —dije yo—, no hay otro más grande, eso creo.

—Bueno —dijo Tom—, pues este Desierto es del tamaño de los Estados Unidos, y si cubrieras con él, como si fuese una manta, la tierra de la libertad, la tapería por completo. Quedaría tan sólo una esquinita fuera, cerca de Maine, otra por el noroeste, y una más allá por Florida, sobresaliendo como la cola de una tortuga. Eso sería todo. Arrebatamos California a los mexicanos hace dos o tres años, así que esa parte de la costa del Pacífico nos pertenece ahora, y si colocaras al Gran Sahara con el borde apoyado sobre este mar, cubriría los Estados Unidos, y sobrepasaría Nueva York unos novecientos kilómetros por lo menos.

—¡Cielos! —exclamé—. ¿Puedes probar todo eso con documentos, Tom Sawyer?

—Sí, y los tengo justo aquí, los he estado estudiando. Puedes comprobarlo por ti mismo. Desde Nueva York hasta el Pacífico hay unos cuatro mil ciento ochenta y cuatro kilómetros. Desde una punta a otra del Desierto, hay unos cinco mil ciento cuarenta y nueve kilómetros. Los Estados Unidos tienen cinco millones setecientos noventa y tres mil cuatrocientos ochenta kilómetros cuadrados, el Desierto tiene unos seis millones seiscientos noventa y siete mil novecientos seis kilómetros cuadrados. Con toda la masa del Desierto, se podría cubrir cada centímetro de los Estados Unidos, y con los bordes que sobrasen, podríamos abarcar Inglaterra, Escocia, Irlanda, Dinamarca y toda Alemania. Sí, señor, bajo el Gran Sahara se podrían esconder los hogares de los valientes junto con todos los países que os he nombrado, y todavía sobrarían tres mil doscientos dieciocho kilómetros de arena.

—¡Vaya! —exclamé yo—. Eso me deja pasmado. Tom, eso demuestra que el Señor se ha tomado tantas molestias en hacer este Desierto como cuando creó los Estados Unidos y todos los demás países. Me parece que debe de haber estado trabajando dos o tres días para poder acabarlo.

Jim dijo entonces:

—Huck, eso no me parese rasonable. Yo no creo que nadie haya hecho este Desierto. Verá, échale un vistaso…, míralo bien, y dime si tengo rasón. ¿Pa qué sirve el Desierto? No sirve pa ná. ¿No te parese, Huck?

—Sí, es verdad.

—¿No tengo rasón, amo Tom?

—Eso creo. Continúa.

—Si no sirve pa ná, está hecho en vano, ¿no é sierto?

—Sí.

—¡Puej entonse! ¿Acaso el Señó hase algo en vano? Contéstame a eso.

—Bueno… no, no hace las cosas en vano.

—Entonse, ¿cómo podría habé creado un Desierto? Amo Tom, en mi opinión, Él no lo ha hecho en asoluto, eso é. Él no planeó ningún Desierto, nunca pensó en hasé uno. Yo te lo vi'a demostrá, y ya verá. A mí me parese que's como cuando tú te construyej una casa. Siempre hay un montón de basura que sobra. ¿Y qué se hase con ella? ¿No la recoge y la yeva a un viejo terreno vasío fuera de la siudá? Claro. Puej entonse, en mi opinión, esto ej igual. Cuando el Señó iba a construí el mundo, juntó un montón de rocaj y laj apiló, luego hiso un montón de tierra y la colocó serca de la roca, lueg'un montón de arena, y la puso a mano también. Entonse se puso a haserlo así: Cogió alguna piedraj, un poco de arena y algo de tierra. Luego lo mescló todo y dijo: Esta ej Alemania, luego le puso un cartel y la dejó secá. Entonse cogió otras rocas, junto con algo más de arena y tierra, la mescló o'tra vé y dijo: Esto son loj Estadoj Unidos, le puso otro cartel, y lo dejó secá de nuevo… y así, uno traj otro, hata que llegó el Sábado, se dio la vuelta, y vio todo lo que había creado, y creó un mundo bastante bonito pa'l tiempo que le había llevao. Entonse se dio cuenta de que mientraj había estao calculando la cantidá de tierra y de rocaj, estaba todo bien, pero luego vio que le sobraba muchísima arena, y no recordaba cómo había podido pasarl'eso. Así que se dio la vuelta y buscó un viejo terreno vacío po cualquié lugá, y cuando vio este sitio, se puso mu pero que mu contento, y mandó a loj ángele que arrojaran la arena aquí. Ahora bien, ésa é m'idea sobre el asunto…, que el Gran Sahara no fue creado en asoluto, sino que surgió así, de repente.

Yo dije que me parecía un buen argumento, y opiné que era el mejor que se le había ocurrido a Jim en toda su vida. Tom dijo lo mismo, pero que el problema con los argumentos, era que se trataba sólo de teorías, y que después de todo las teorías no probaban nada, sólo te conceden un punto de apoyo, un descanso para cuando estás atascado, dándote de topetazos por ahí, intentando dar con algo que no puedes hallar y que resulta difícil de resolver. Entonces dijo:

—Hay otro problema con las teorías: siempre tienen un agujero por alguna parte si uno las considera detenidamente, seguro. Lo mismo sucede con esta de Jim. Mirad los billones y billones de estrellas que hay allá afuera. ¿Cómo es que hubo estrellas suficientes y no sobró ninguna? ¿Cómo es que no se encuentran los restos de arena apilada allá arriba?

Jim, que le escuchaba atentamente, preguntó:

—¿Qué é la Vía Látea? Eso é lo que yo quisiera sabé. ¿Qué é la Vía Látea? Contéstame a eso.

En mi opinión, aquél fue un mal trago para Tom. Es tan sólo mi opinión, puede que los demás piensen otra cosa; pero lo dije y lo mantengo: aquél fue un mal trago para Tom. Se quedó sin articular palabra. Tenía la atónita mirada del que ha sido golpeado en la espalda con un armazón de clavos. Todo lo que dijo fue que, antes de tener un intercambio intelectual conmigo o con Jim, prefería tenerlo con un pez gato. Cualquiera puede decir eso, y he notado que lo hacen siempre que se quedan sin argumentos. Tom Sawyer se había enfadado por el giro de aquella charla.

Así que volvimos a hablar sobre el tamaño del desierto, y cuanto más lo comparábamos con esto, aquello o lo de más allá, más grande, magnífico y descomunal nos parecía. Y de ese modo, rastreando más números, Tom aseguró al cabo de un rato que el Desierto era tan grande como el Imperio Chino. Entonces nos mostró la extensión del Imperio Chino en un mapa, y el espacio que ocupaba en el mundo. Bueno, era tan maravilloso imaginarlo, que yo dije:

—¡Vaya! Había oído hablar de este Desierto muchas veces, pero hasta ahora no sabía lo importante que era.

Entonces, Tom dijo:

—¡Importante! ¡Que el Sahara es importante! Eso es lo que pasa con alguna gente. Si algo es grande, se piensan que es importante. Eso es todo el sentido común que son capaces de tener. Todo lo que pueden ver es el tamaño. Considerad a Inglaterra. Es el país más importante del mundo; y la podríais meter en un bolsillo del chaleco de China. No solamente eso, sino que sabe Dios el tiempo que tardaríais en volver a encontrarla en caso de necesidad. Y mirad también a Rusia. Se extiende por todas partes, y sin embargo no es más importante para el mundo que Rhode Island, y tampoco tiene en todo su inmenso territorio nada que valga mucho la pena. Mi tío Abner, que era un predicador presbiteriano y uno de los que más respetaba la ley, siempre dice que, si el tamaño fuera la verdadera medida para juzgar la importancia de las cosas, ¿dónde quedaría el cielo si lo comparamos con el otro mundo? Él siempre ha dicho que el cielo es la Rhode Island del Más allá.

De pronto divisamos una colina, que parecía elevarse en el fin del mundo. Tom interrumpió su charla y se apoderó de los prismáticos, muy entusiasmado. Echó un vistazo y dijo:

—¡Ahí está! Es la que tanto he estado buscando, seguro que sí. Si no estoy equivocado, es la colina en donde el derviche enseñó al hombre todos los tesoros del mundo.

De manera que comenzamos a observar, y él comenzó a contarnos un cuento de Las mil y una noches.

Capítulo 10

La colina del tesoro

Tom nos relató así lo que había sucedido en el cuento:

Un derviche iba caminando pesadamente por el Desierto, en un día de calor abrasador. Llevaba andando más de mil kilómetros y era muy pobre, tenía hambre, iba con malas pulgas y estaba cansado. Y justo por donde estamos ahora, se encontró con un camellero que llevaba un centenar de camellos, y le pidió una limosna. Pero el camellero se excusó negándose, y entonces el derviche le preguntó:

—¿No son tuyos estos camellos?

—Sí, son míos.

—¿Tienes deudas?

—¿Quién? ¿Yo? No.

—Bueno, pues entonces, un hombre que tiene cien camellos y ninguna deuda no solamente es rico, sino muy rico. ¿No es así?

El camellero reconoció que aquel hombre tenía razón. Entonces el derviche prosiguió:

—Dios te ha hecho a ti rico, y a mí pobre. Habrá tenido sus motivos, y son muy sabios, así que ¡bendigamos su Nombre! Pero también era su voluntad que los ricos ayudaran a los pobres, y tú me has vuelto la espalda, a mí que soy tu hermano. Él se acordará de esto, y lo pagarás.

Aquel discurso hizo tambalear un poco al camellero, pero como el hombre había nacido avaricioso para el dinero, no quiso perder ni un solo centavo, así que comenzó a quejarse y a dar explicaciones, a decir que eran tiempos difíciles y que, aunque había llevado un buen cargamento de mercancías a Basora y había obtenido un buen precio por él, no podría traer mercancías en el viaje de regreso, así que no habría conseguido hacer grandes cosas durante la travesía.

Entonces el derviche le contestó:

—Muy bien, si quieres correr el riesgo, tú verás, pero creo que esta vez has cometido un error, te has perdido una oportunidad.

El camellero, por supuesto, quiso saber cuál era la oportunidad que se había perdido, porque tal vez podría haber ganado más dinero. Así que salió corriendo tras el derviche y le rogó ansiosamente que tuviese lástima de él y le dijese cuál era la oportunidad que se había perdido, hasta que finalmente el derviche se dio por vencido y le dijo:

—¿Ves aquella colina que hay allí? Pues bien, en esa colina se encuentran todos los tesoros de la tierra, y yo había estado buscando por los alrededores a un hombre con un corazón particularmente amable y una generosa y buena disposición, ya que, si lograse hallar tal hombre, le pondría una especie de bálsamo en los ojos, de manera que pudiera ver los tesoros y se los llevase.

Entonces el camellero se puso a sudar la gota gorda, y suplicó a gritos al derviche poniéndose de rodillas, diciéndole que él era ese hombre y que podría traer al instante mil personas para atestiguarlo y que además podrían asegurarle que nunca le habían descrito mejor.

—Bien entonces —dijo el derviche—, muy bien. Si cargamos los cien camellos con el tesoro, ¿me darás la mitad?

El camellero estaba tan contento, que apenas podía contenerse y exclamó:

—¡Trato hecho!

Así que se dieron la mano para sellar el acuerdo, y el derviche sacó una caja y frotó con el bálsamo el ojo derecho del camellero. La montaña se abrió y él pudo entrar. Y allí, os lo puedo asegurar, había montañas y montañas de oro y joyas resplandeciendo como si todas las estrellas del cielo se hubiesen caído en ese lugar.

Así que el camellero y el derviche cargaron los cien camellos con el tesoro hasta que ya no pudieron más, y entonces se dijeron adiós y cada uno se fue con sus cincuenta animales. Pero muy pronto el camellero regresó y se adelantó al derviche, diciéndole:

—Tú estás fuera de la sociedad, ¿sabes?, y realmente no necesitas nada de lo que llevas. ¿Por qué no eres bueno conmigo y me das diez de tus camellos?

—Bueno —dijo el derviche—, no sé, pero lo que dices me parece razonable.

De manera que así lo hizo, luego se separaron otra vez, y el derviche se quedó con sus cuarenta camellos. Pero muy pronto volvió a aparecer el camellero, berreando otra vez ante el derviche, con llantos y con quejas, y le pidió otros diez, diciéndole que treinta camellos cargados de tesoros eran suficientes para un derviche, pues, como sabéis, ellos viven muy sencillamente, y no tienen una casa fija, sino que van dejando sus enseñanzas de un lado para otro, hospedándose en cualquier sitio.

Pero la cosa no acabó allí. Aquel hostigador siguió acosando al derviche, volviendo una y otra vez, hasta quedarse con los cien camellos. Entonces quedó satisfecho y, más agradecido que nunca, dijo que nunca en su vida olvidaría al derviche, que nadie antes había sido tan bueno y generoso con él. Así que se estrecharon nuevamente las manos, se separaron otra vez, y prosiguieron cada uno por su lado.

Pero, veréis: no habían transcurrido ni diez minutos, cuando el camellero ya estaba de nuevo insatisfecho —era el reptil más rastrero que había en los siete condados— y regresó al encuentro del derviche. Esta vez lo que pretendía era que el derviche le frotara el otro ojo con un poco de ungüento.

—¿Para qué? —preguntó el derviche.

—¡Oh, ya sabes! —respondió el camellero.

—Ya sé ¿qué? —dijo el derviche.

—Bueno, no puedes engañarme —dijo el camellero—. Estás intentando ocultarme algo, lo sabes muy bien. ¿Sabes?

Creo que si me pones bálsamo en el otro ojo veré muchísimas más cosas valiosas. Anda…, por favor, ponme más bálsamo.

El derviche le contestó:

—No te estaba ocultando nada. Y no me importa decirte lo que pasará si te pongo el bálsamo en el otro ojo. No volverás a ver nunca más. Te quedarás completamente ciego para el resto de tus días.

Pero ¿sabéis?, aquel pesado no le creyó. No, le rogó y le rogó, gimiendo y llorando, hasta que por fin el derviche abrió su caja y le dijo que se lo pusiera él mismo, si tanto lo deseaba. De manera que así lo hizo, y os puedo asegurar que en un instante se quedó ciego como un murciélago.

Entonces el derviche se burló de él, y riéndose le dijo:

—Adiós. Un hombre ciego no necesita todas estas joyas.

Y se fue con los cien camellos, dejando que el hombre se quedase vagando por el desierto, pobre, desgraciado y sin amigos, para el resto de sus días.

Jim dijo que él apostaba a que había sido toda una lección para él.

—Sí, dijo Tom—, como muchas de las que un tipo puede aprender. Aunque no tiene importancia, ya que una cosa no puede suceder dos veces de la misma manera. Cuando Hen Scovil se cayó de la chimenea y quedó lisiado para toda su vida, todo el mundo dijo que aquello había sido toda una lección para él. ¿Qué clase de lección? ¿Cómo iba a aplicarla? Ya no podía trepar por las chimeneas, y no tenía más espaldas que romperse.

—De todo modos, amo Tom —dijo Jim—, no hay nada que enseñe mejor que la experiensia. La Biblia dice que el niño quemado evita el fuego.

—Bueno, no voy a negar que, una cosa es una lección, si te ocurre dos veces de la misma manera. Hay muchísimas cosas que educan a las personas, eso es lo que dice siempre mi tío Abner, pero también existen cuarenta millones de cosas de las otras, de las que no pasan dos veces de la misma manera, y que realmente son inútiles y no más instructivas que la viruela. Cuando la pillas, no sirve de nada decir que más te valdría haberte vacunado antes, y tampoco sirve vacunarse después, porque la viruela sólo se coge una vez. Pero, por otro lado, mi tío Abner dice que, si una persona hubiera cogido al toro por la cola una vez, habría aprendido unas sesenta o setenta veces más que alguien que nunca lo hubiera hecho; y decía también que, si una persona ponía manos a la obra y se llevaba a casa un gato cogido de la cola, estaba adquiriendo un conocimiento que siempre le sería de utilidad, y que nunca tendría dudas sobre su valor o se le borraría. Te lo aseguro, Jim. Mi tío Abner siempre estaba metiéndose con la gente que pretendía sacar una lección de todas las cosas que pasaban. No importaba si…

Pero Jim se había quedado dormido. Tom se sintió un poco avergonzado porque, ya sabéis, la gente se siente incómoda cuando está hablando singularmente bien, muy confiado en que la otra persona le está admirando, y de pronto se da cuenta de que lo que en realidad ha sucedido es que el oyente se ha quedado dormido como una marmota. Claro que no debería haberlo hecho, porque queda un poco grosero, pero cuanto mejor habla una persona, más te hace dormir, así que, bien mirado, no es una falta de nadie en particular: en todo caso, habría que culpar a los dos.

Jim comenzó a roncar: al principio, de manera suave y haciendo burbujitas. Pero a eso, le siguió un largo bramido, luego uno más fuerte, y a continuación soltó media docena de gorgoteos horrorosos, como los del resto del agua cuando es succionada por el agujero de la bañera; después otra serie de los mismos ruidos, pero con más poderío, y luego lanzó unas fuertes toses y bufidos, como los que hace una vaca asfixiándose hasta morir; cuando una persona llega a ese punto, es que se halla en el mejor de los mundos, y es capaz de despertar a un vecino que se encuentre durmiendo en el edificio de enfrente, y se hubiera atiborrado de láudano. Sin embargo, no puede despertarse a sí mismo, a pesar de que ese espantoso estrépito está sonando a menos de cinco centímetros de sus propios oídos. A mí me parece que ésta es una de las cosas más curiosas de este mundo. Aun así, si raspas una cerilla para encender una lámpara, tan sólo ese ruidito insignificante lo despertará en seguida. Ojalá supiera cuál es el motivo para que eso ocurra así, pero no parece haber forma de averiguarlo. Allí estaba Jim, alarmando al Desierto entero, sobresaltando a todos los animales, que se preguntarían qué diablos estaría pasando en varios miles de kilómetros a la redonda; no había nada ni nadie que estuviera más cerca del estruendo que él mismo, y sin embargo, era la única criatura a la que no le molestaba. Nosotros le chillábamos y le silbábamos, pero no servía de nada. Sin embargo, no bien oyó un ruidito que no le era familiar, se despertó. No, señor, le he dado mil vueltas, y también Tom, pero no hubo manera de averiguar por qué un roncador no puede oírse roncar.

Jim dijo que él no se había dormido, que tan sólo había cerrado los ojos para escuchar mejor.

Tom dijo que nadie le estaba acusando de nada.

Aquello hizo que deseara no haber dicho palabra. Y yo sabía que quería esquivar el tema, pues comenzó a insultar al camellero, del mismo modo que suele hacer una persona cuando ha sido pillada en algo y quiere desquitarse con otro. Se metió con el camellero de la peor manera que sabía, y tuve que estar de acuerdo con él; y lo mismo sucedió cuando alabó al derviche. No obstante, Tom dijo:

—Yo no estoy tan seguro. Vosotros pensáis que el derviche era increíblemente bueno, generoso y desprendido, pero yo no lo veo así. Él no corrió a buscar a otro derviche pobre, ¿no es cierto? No, no lo hizo. Si era tan desinteresado, ¿por qué no entró allí él mismo, a llenarse el bolsillo con un puñado de joyas, y de ese modo marcharse satisfecho? No, señor, lo que hizo fue buscar a una persona con cien camellos. Quería marcharse de allí con la mayor cantidad de tesoros que era capaz de coger.

—Pero, amo Tom, él deseaba compartir, en partej iguales. Él sólo quería sincuenta camello.

—Porque sabía que podría tenerlos todos muy pronto.

—Amo Tom, él le dijo al camellero qu'el bálsamo le dejaría siego.

—Claro, porque conocía el carácter de aquel hombre. Era exactamente la clase de hombre que estaba buscando: un hombre que no creyera ni en el honor ni en la palabra de nadie, pues ni siquiera tiene los propios. Yo creo que hay mucha gente como ese derviche. Van timando a diestra y siniestra, pero siempre logran que sea la otra persona la que parezca haberse timado a sí misma. Se mantienen dentro del marco de la ley durante todo el tiempo, por eso es tan difícil echarles mano. Ellos no ponen el ungüento: oh, no, eso sería un pecado; pero saben cómo hacer para engañarte, que seas tú mismo el que te lo pongas, y así dejarte ciego. Yo creo que ese camellero y el derviche eran tal para cual: uno era un bribón muy fino, listo e inteligente, y el otro un obtuso, claro, pero eran iguales.

—Tom, ¿tú crees que ahora existe por el mundo alguna clase de bálsamo como el de la historia?

—Sí, el tío Abner dice que existe. Dice que existe en Nueva York, y que lo ponen en los ojos de la gente del campo para mostrarles todos los ferrocarriles del mundo. Cuando ellos van y los compran, se dan el bálsamo sobre el otro ojo, y entonces el que se los vendió les dice adiós y se larga con sus trenes. Allí está la colina del tesoro, ¡bajad el globo!

Aterrizamos, pero aquello no resultó tan interesante como había creído, ya que no pudimos encontrar el sitio adonde fueron para coger el tesoro. Aun así, era muy interesante tan sólo el hecho de poder ver la colina donde algo tan maravilloso había sucedido. Jim dijo que no se la habría perdido aunque hubiera tenido que pagar tres dólares por verla. Y yo pensaba lo mismo.

Sin embargo, tanto para nosotros dos, como creo que para cualquiera, nos parecía prodigiosa la manera como Tom podía llegar a un país tan extraño y grande como aquél, ir derechito a encontrarse con la colina, y distinguirla entre millones de otras colinas muy parecidas, sin más recursos que su talento y sabiduría. Hablamos sobre el asunto una y otra vez, pero no pudimos averiguar cómo lo hacía. Tenía la mejor cabeza que yo hubiese visto; todo lo que le faltaba era la edad para ser famoso, como el Capitán Kidd o George Washington. Os apuesto que a ellos les hubiese resultado más difícil que a Tom encontrar la colina, aun con todos sus talentos; Tom atravesó el Sahara y lo señaló con el dedo, con más facilidad que si hubieseis encontrado un negro en un ramillete de ángeles.

Encontramos una charca de agua salada y raspamos un poco de sal de la orilla para aplicarla sobre la piel del león y del tigre, para que pudieran mantenerse hasta que Jim las curtiera.

Capítulo 11

La tormenta de arena

Estuvimos tonteando por allí un día o dos, y, en el preciso instante en el que la luna estaba tocando el suelo del otro lado del Desierto, vimos una hilera de pequeñas figuras negras, moviéndose a través de su rostro de plata. Podían verse muy claramente, parecía que estaban dibujadas con tinta sobre la luna. Se trataba de otra caravana. Aminoramos la velocidad y los seguimos de cerca, sólo para tener compañía, pues no llevaban el mismo camino que nosotros. Era una caravana muy ruidosa, y un magnífico espectáculo el verlos aquella mañana, cuando el sol aparecía a raudales sobre el Desierto y arrojaba las sombras de los camellos sobre las doradas arenas, como si fueran miles de abuelitos zancudos marchando en procesión. Nunca nos acercamos demasiado a ellos, porque ya habíamos aprendido lo que era asustar a los camellos de la gente y desarmar sus caravanas. Era el grupo más alegre y bullicioso que hayáis visto nunca, por sus vistosas y ricas vestiduras de noble porte. Algunos de los jefes iban montados en dromedarios, los primeros que habíamos visto en la vida: eran muy altos e iban sumergiéndose en la arena como si llevaran zancos. Marchaban balanceando violentamente a sus jinetes, revolviéndoles la cena de manera considerable, aunque puedo apostaros que llevaban bastante velocidad, y un camello no tenía nada que hacer a su lado.

La caravana acampó durante el mediodía, y reemprendió la marcha hacia la mitad de la tarde. Al cabo de poco rato, el sol había empezado a tener un aspecto muy curioso: al principio se tornó de color bronce, luego adquirió un tinte cobrizo, y al final, parecía una gran bola roja de sangre; el aire se volvió pesado y caluroso, y muy pronto se oscureció todo el cielo hacia el Oeste, se tornó denso y nublado, pero teñido de rojo, algo atroz, ya sabéis, como si todo se viese a través de un cristal rojo. Miramos hacia abajo, y vimos que la caravana había entrado en un estado de gran confusión, y las gentes corrían en todas direcciones como si estuvieran asustados. Entonces, de repente, se tumbaron en la arena y permanecieron completamente inmóviles.

Muy pronto vimos algo que se acercaba a la velocidad del rayo en forma de un asombroso y enorme muro, abarcando la distancia que había desde el Desierto hasta el cielo, y logrando ocultar por completo al sol. Luego nos rozó una leve brisa, que más tarde se hizo más fuerte, y los granos de arena comenzaron a golpearnos las caras, quemándonos como el fuego. Entonces Tom gritó:

—¡Es una tormenta de arena…, poneos de espaldas a ella!

Así lo hicimos, y al poco rato empezó a soplar la tormenta; la arena nos caía encima como si nos la echaran con palas, y el aire estaba tan saturado que no podíamos ver nada. En cinco minutos el globo se llenó de arena, y nosotros estábamos sentados en nuestros sitios enterrados hasta la barbilla: sólo sobresalían nuestras cabezas y apenas podíamos respirar.

Cuando amainó la tormenta, y vimos aquella gigantesca pared navegando a través del Desierto, era un espanto verla, os lo aseguro. Logramos desenterrarnos, y miramos hacia abajo, hacia el sitio en donde había estado la caravana, y allí no se veía más que un océano de arena, ahora completamente inmóvil y callado. Toda la gente con sus camellos, asfixiados y enterrados…, enterrados bajo tres metros de arena, según nuestros cálculos, y Tom dijo que creía que pasarían tal vez años antes de que el viento los descubriera, y que durante todo ese tiempo sus amigos no sabrían qué habría sucedido con la caravana. Luego dijo:

—Ahora ya sabemos lo que les había sucedido a aquellas gentes a quienes quitamos las pistolas y las espadas.

Sí, señor, eso era. Ya lo teníamos completamente aclarado. Perecieron enterrados bajo una tormenta de arena, y por eso los animales salvajes no habían podido con ellos, ya que el viento los había descubierto cuando ya eran puro hueso, trozos de cuero resecos, imposibles de comer. Me pareció que lo sentíamos tanto por aquella pobre gente y estábamos tan tristes por ella como lo hubiéramos estado por cualquier otra, pero estaba equivocado; la muerte de esta última caravana nos afectó mucho más, muchísimo más. Veréis, la gente de la otra caravana nos era totalmente ajena, unos completos extraños con los que no estábamos ni siquiera familiarizados, excepto tal vez con el hombre que miraba a aquella muchachita. Pero con esta última caravana, todo era muy distinto. Habíamos estado siguiéndolos durante toda la noche y gran parte del día, y los sentíamos como si fuesen amigos nuestros, como si de verdad los conociéramos. Me he dado cuenta de que no hay manera más segura de saber si te gusta de verdad alguien que viajar con él. Lo mismo había sucedido con aquella gente. Nos gustaron desde el principio, y viajar con ellos acabó por confirmarlo. Cuanto más viajábamos con ellos y conocíamos sus costumbres, más y más nos gustaban, y eso hacía que nos sintiéramos más y más alegres de continuar tras ellos. Aprendimos a conocer a algunos tan bien, que les habíamos puesto nombre para hablar de ellos, y muy pronto teníamos tanta confianza que dejamos de lado el señorita y el señor, y los llamábamos por el nombre a secas. Esto no nos parecía descortés, sino que estábamos haciendo lo correcto. Claro que aquéllos no eran sus nombres, se los habíamos puesto nosotros. Había un señor Alexander Robinson y una señorita Adaline Robinson, un coronel Jacob McDougal y una señorita Harriet McDougal, un juez Jeremiah Butler y un joven Bushrod Butler: la mayoría de éstos eran los grandes jefes, llevaban enormes y magníficos turbantes y cimitarras e iban vestidos como el Gran Mogol, al igual que su familia. Pero tan pronto como empezamos a conocerlos bien y a gustarnos más, ya no los llamábamos juez, ni señor ni nada, sino Ellek, Addy, Jake, Hattie, Jerry, Buck, y así sucesivamente.

Además, ya sabéis, cuanto más compartís las penas y alegrías de las personas, más cercanas y queridas se vuelven para vosotros. Ahora bien, nosotros no éramos fríos ni indiferentes, como la mayoría de los viajeros; al contrario, éramos muy amigables y sociables cada vez que se nos presentaba la oportunidad, y la caravana podía contar con que estaríamos a mano todo el tiempo para lo que fuera.

Cuando acamparon, nosotros también lo hicimos justo encima de ellos, a unos cientos de kilómetros más arriba. Cuando empezaron a comer, nosotros hacíamos lo propio y, al estar acompañados, nos daba la sensación de estar en casa. Cuando aquella noche tuvieron una boda, y Buck y Addy se casaron, nos vestimos con las mejores galas del profesor para el festejo, y cuando empezó el baile, nosotros en el globo bailamos sin parar.

Sin embargo, son las angustias y los problemas los que unen a los amigos, y eso fue lo que nos sucedió con el funeral de uno de ellos. Ocurrió a la mañana siguiente, cuando todavía era de madrugada. No conocíamos al muerto, y tampoco era de los nuestros, pero eso no importaba. Pertenecía a la caravana, eso era suficiente, y no hubo lágrimas más sinceras vertidas por él que las que derramamos nosotros desde aquí, a miles de kilómetros por encima del cortejo.

Sí, la partida de la caravana fue para nosotros mucho más amarga que la visión de la otra, comparativamente extraña, cuyos integrantes, de todos modos, habían muerto hacía muchísimo tiempo. A éstos los habíamos conocido en vida, les habíamos cogido cariño también, y ahora que la muerte nos los había arrebatado justo debajo de nuestras propias narices, mientras los estábamos mirando, dejándonos tan desamparados y sin amigos en medio de aquel gran Desierto, nos dolía muchísimo, y deseamos no hacer amigos nunca más durante el viaje, si luego íbamos a perderlos de esa manera.

No podíamos dejar de hablar de ellos, nos venían a la memoria todo el tiempo, igual que cuando estaban todos juntos, vivos y felices. Podíamos verlos de nuevo marchando en fila, con las brillantes puntas de las lanzas resplandeciendo al sol; podíamos ver otra vez a los dromedarios, balanceándose pesadamente por la arena; también veíamos la boda y el funeral, y más que ninguna otra cosa, podíamos recordarlos rezando a menudo, pues no permitían que nada se lo impidiese; cada vez que les tocaba hacerlo, y eran varias al día, se detenían exactamente en el sitio en que se encontraban, y se ponían de pie, con el rostro mirando hacia el Este, inclinaban las cabezas, extendían los brazos y empezaban a rezar. Se arrodillaban unas cuatro o cinco veces, luego se inclinaban hacia adelante y tocaban el suelo con la frente.

Bueno, no tiene sentido seguir hablando de ellos, tan encantadores y tan queridos para nosotros antes, como eran en vida, y también ahora, que habían muerto. Recordarlos no nos hacía ningún bien, y nos dejaba demasiado tristes. Jim dijo que intentaría vivir en esta vida lo mejor posible, para encontrárselos en la otra. Tom permaneció callado, sin decirle que eran mahometanos, para qué desilusionarle, ya se sentía bastante apenado tal como estaba.

Cuando nos despertamos a la mañana siguiente, estábamos un poquito más alegres, ya que habíamos dormido increíblemente bien, pues la arena es la cama más confortable que existe, y no veo por qué no es utilizada más a menudo por la gente que no puede comprarse una. Además, también es un lastre excelente, nunca antes había sentido al globo tan quieto.

Tom calculó que tendríamos unas veinte toneladas a bordo, y nos preguntábamos qué sería lo mejor que podríamos hacer con ella, no parecía muy sensato tirarla por la borda. Entonces Jim dijo:

—Amo Tom, ¿y si nos la lleváramoj a casa y la vendiéramo? ¿Cuánto tardaríamoj en llegar?

—Depende del camino que sigamos.

—¡Eh! Allá en casa vale un cuarto de dólar la carga, y yo creo que tenemoj algo má de veinte, ¿no ej así? ¿Cuánto sería eso?

—Cinco dólares.

—¡Recórcholij, amo Tom! ¡Volvamoj a casa ya mimo! Eso é má de un dólar pa cada uno, ¿verdá?

—Sí.

—¡Bueno! ¡Esa é la manera má fásil de hasé dinero con la que me haya topao! Noj ha llovido del sielo, y ha caído dentro del globo…, y no hemo dao ni golpe. Vámono pá casa ahora mimo, amo Tom.

Pero Tom estaba pensando y haciendo números tan ocupado y entusiasmado que no le oyó. Muy pronto nos dijo:

—Cinco dólares, ¡venga ya! Esta arena vale…, vale…, ¡vaya, esta arena no tiene precio!

—¿Cómo ej eso, amo Tom? ¡Sigue, cariño, continúa!

—Bueno, pues en el mismo instante en que la gente se entere de que es arena genuina, del genuino Desierto del Sahara, estarán con el mejor estado de ánimo para adquirir un poco y guardarla en un chisme de cristal, con un cartel, como si fuese una curiosidad. Todo lo que tenemos que hacer es meterla en frascos y venderla por todos los Estados Unidos, a diez centavos cada uno. Tenemos nada menos que diez mil dólares de arena en este globo.

Jim y yo estábamos que reventábamos de alegría, y comenzamos a dar gritos de ¡yupi, yupi, yupi! Entonces Tom nos dijo:

—Y luego podemos volver a coger más arena y otra vez volver a coger más arena, y seguir viniendo, hasta que nos hayamos llevado toda la que hay en este Desierto y la hayamos vendido; y tampoco habrá nadie que se oponga a ello, porque sacaremos una patente.

—¡Dios mío! —exclamé yo—. Seremos tan ricos como Creosote, ¿verdad, Tom?

—Sí… Creso, querrás decir. ¡Vaya! Ese derviche ha estado rastreando los tesoros de la tierra en aquélla pequeña colina, sin saber que estaba caminando sobre miles y miles de dólares. El camellero se quedó menos ciego que él.

—Amo Tom, ¿cuánto creej que ganaremo con toda la arena?

—Bueno, la verdad es que todavía no lo sé. Hay que hacer cifras, y tampoco eso es una tarea fácil, ya que hay más de seis millones de kilómetros cuadrados a diez centavos el frasco.

Jim estaba entusiasmadísimo, pero se le pasó enseguida y, moviendo la cabeza, dijo:

—Amo Tom, no vamoj a poder conseguí tanto frajco…, ni siquiera un rey podría haserlo. Mejó que no intentemo llevarno todo el Desierto, amo Tom, lo frajco noj van a dejcalabrá, seguro.

El entusiasmo de Tom también se apagó, y yo pensé que era por los frascos, pero no. Se quedó allí sentado, pensando, y se puso más y más triste hasta que finalmente dijo:

—Chavales, no vale, no funcionaría. Tenemos que dejarlo.

—¿Por qué, Tom?

—Por causa de las obligaciones.

Yo no pude sacar nada en claro, y tampoco Jim, así que le dije:

—¿Qué obligaciones, Tom? Porque si no vamos a poder hacerlas, ¿por qué no nos las saltamos? A menudo la gente tiene que hacer eso.

Pero él contestó:

—Oh, no es esa clase de obligaciones. Me estoy refiriendo al pago de los impuestos. Cada vez que cruzas una frontera (eso es el límite de un país, ya sabéis) te encuentras con una aduana, y los empleados del gobierno revuelven entre tus cosas y te endosan un alto impuesto, al que ellos llaman «una obligación», pues es una obligación para ellos trincarte si pueden, y si no pagas los impuestos, ellos se quedarán con la arena. Ellos lo llaman «confiscar», pero con eso no engañan a nadie, es un latrocinio, eso es lo que es. Ahora bien, si nosotros intentamos llevar esta arena a casa, como habíamos planeado, tendríamos que andar saltando vallas hasta el cansancio, de frontera en frontera: Egipto, Arabia, Indostán y así sucesivamente, entonces todos querrán su parte de impuestos, y, como os daréis cuenta fácilmente, no podemos ir por ese camino.

—Pero, Tom —dije yo—, podemos ir volando y pasar por alto todas esas fronteras, ¿verdad? ¿Cómo podrían detenernos?

Entonces me miró apesadumbrado y me dijo, muy serio:

—Huck Finn, ¿crees acaso que eso sería honesto?

Detesto esa clase de interrupciones. No dije una sola palabra, y entonces él prosiguió:

—Bueno, también tenemos cerrado ese otro camino. Si regresamos del mismo modo que hemos venido, hay también una aduana en Nueva York, que es mucho peor que todas las demás juntas, si tenemos en cuenta el tipo de cargamento que traemos.

—¿Por qué?

—Bueno, pues porque no pueden producir la arena del Sahara en América, por supuesto, y cuando no pueden producir una cosa allí, el impuesto es de ciento cuarenta mil por ciento si intentas traerla desde donde la producen.

—Eso no tiene sentido, Tom.

—¿Quién dijo que lo tuviera? ¿Para qué me hablas de ese modo, Huck Finn? Espera a que yo te diga una cosa que tenga sentido, antes de que me acuses de haberla dicho.

—Muy bien, considera que me he puesto a llorar por esa acusación y que lo siento. Continúa.

Jim dijo:

—Amo Tom, ¿ej que elloj atiborran de impuestos todo lo que no pueden produsí en América, sin hasé ninguna distinsió entre laj cosa?

—Sí, eso es lo que hacen.

—Amo Tom, ¿no é la bendisión del Señó lo que má való tiene en este mundo?

—Sí, así es.

—¿Y no é sierto que el predicador, subido al púlpito, la derrama sobre todo su fiele?

—Sí.

—¿Y de dónde viene esa bendisión?

—Del cielo.

—¡Sí señó, tiene rasón, claro que sí, cariño…, viene del cielo, y ése ej un país extranjero! ¡Ahí tienes! ¿Hay alguien que le ponga un impuesto a esa bendisión?

—No, no lo hacen.

—Claro que no; entonse salta a la vista que estáj equivocao, amo Tom. No le van a poné un impuesto a un poco de arena que nadie está obligao a tené, si tampoco lo hasen con la mejó cosa que existe, y que además to'el mundo nesesita.

Tom Sawyer se quedó perplejo, pues se dio cuenta de que Jim le había pillado de nuevo y él no podía ceder. Entonces intentó esquivar el bulto, diciendo que se habían olvidado de poner el impuesto a la bendición, pero seguro que lo recordarían en la próxima sesión del Congreso, y entonces también lo cobrarían, había sido un laspus, seguro. Dijo que él no sabía de ninguna otra cosa extranjera a la que no cobrasen impuestos excepto aquélla, y que no serían consecuentes con ellos mismos si no lo hicieran también. Además, el ser consecuente era la primera ley de la política. Por lo tanto, creía que se les habría olvidado sin ninguna mala intención, y que intentarían arreglar el asunto lo mejor posible, antes de que los pillasen y se riesen de ellos.

Pero yo ya no sentía el menor interés por tales cosas, en vista de que no podíamos llevarnos la arena, y aquello me descorazonó bastante, como también a Jim. Tom intentaba animarnos diciendo que él se encargaría de especular con otra cosa que fuese tan buena como aquélla, o tal vez mejor, pero no servía de nada: nosotros no creíamos que existiera ningún otro negocio mejor que aquél. Fue un trago muy difícil, hacía apenas un instante que éramos tan ricos, podríamos haber comprado un país e iniciado un reino, en el que seríamos famosos y felices, y de repente volvíamos a ser pobres y miserables otra vez, con tan sólo arena entre las manos. La arena nos había parecido tan hermosa antes, tanto como si fuera de oro y diamantes, su tacto era tan suave, bonito y sedoso… y ahora, la sola vista de ella me ponía enfermo, y sabía que nunca más me sentiría contento hasta no verla desaparecer, hasta que no la quitásemos del globo y dejase de recordarnos lo que pudimos haber sido y lo poco a lo que habíamos quedado reducidos. Los otros sentían lo mismo, yo lo sabía, pues se pusieron contentos en el momento en que les dije: «¡Tiremos esto por la borda!».

Bueno, iba a ser una tarea ardua, ¿sabéis?, un trabajo muy fuerte, así que Tom lo dividió de acuerdo con nuestras fuerzas y del modo más justo posible. Dijo que él y yo haríamos una quinta parte cada uno, y que Jim haría el resto, tres quintas partes. A Jim no le gustó nada el asunto, así que dijo:

—Claro que yo soy el más fuerte, y estoy deseando llegá a un acuerdo, pero ¡recórcholij!, estáis dejándoselo casi tó al viejo Jim, amo Tom, ¿no te parese?

—Bueno, yo no lo creo, Jim, pero haz lo que puedas y ya veremos.

Así que a Jim le pareció que sería más que justo que Tom y yo hiciésemos una décima parte cada uno. Tom se dio la vuelta, para tener más espacio en privado, y entonces se le dibujó una sonrisa que se expandió por todo el Sahara, cubriéndolo hasta el Oeste, y luego dando la vuelta hasta el límite con el Atlántico, donde estábamos nosotros. Entonces volvió a mirarnos, y dijo que el arreglo le parecía bien, y que él estaba contento si Jim también lo estaba. Jim dijo que sí.

Entonces, Tom midió nuestras dos décimas partes en la popa, y dejó el resto para Jim, el cual quedó sorprendidísimo de ver la diferencia que había entre las partes, y lo gigantesco que era su montón de arena, y dijo que estaba muy contento de que había podido hablar a tiempo para arreglar la primera división del trabajo, pues creía él que, incluso ahora, había más arena que alegría en su parte del contrato.

Luego, pusimos manos a la obra, y era un trabajo muy duro y arduo; nos daba tanto calor, que tuvimos que subir un poco más arriba para tener un clima más fresco, o de lo contrario no podíamos soportarlo. Tom y yo nos turnábamos, uno trabajaba mientras el otro descansaba, pero no había nadie que relevara al pobre y viejo Jim, que humedeció con su sudor toda aquella parte de África. No podíamos trabajar bien porque estábamos muertos de risa, en tanto Jim se había puesto un poco neura, y quería saber qué era lo que nos hacía reír tanto, y nosotros teníamos que inventarnos motivos, aunque eran bastante tontos, sin embargo servían, ya que Jim no parecía darse cuenta. Por fin, terminamos casi muertos, pero no por el trabajo, sino de risa. Al poco rato, Jim también estaba medio muerto, pero de trabajo, así que nos turnamos y le ayudamos. Él se mostraba más que agradecido con nosotros, y sentado sobre la borda se enjugaba el sudor, jadeaba y, con voz entrecortada, nos decía lo buenos que éramos con un pobre y viejo negro, que nunca nos olvidaría. Era el negro más agradecido que jamás haya visto, aunque uno hiciera la más pequeña cosa por él. Tan sólo era negro por fuera; por dentro era tan blanco como tú.

Capítulo 12

Jim soporta un asedio

Las comidas siguientes fueron pocas y estaban llenas de arena, pero eso no significa nada cuando estás hambriento, pues cuando no lo estás, no hay satisfacción alguna en comer; de cualquier manera, un poco de arenilla en la carne no es ningún engorro en particular, que yo sepa.

Por fin alcanzamos el límite Este del Desierto, navegando hacia el Nordeste. Más allá del límite de la arena, pudimos distinguir tres pequeños techos como si fueran tiendas de campaña, bañados por una suave luz rosa. Entonces Tom dijo:

—Son las Pirámides de Egipto.

Aquello hizo que mi corazón diera un salto de alegría. Veréis, yo había visto muchas pinturas de las Pirámides, las había oído nombrar cientos de veces, pero toparnos con ellas así, de repente, y darme cuenta de que eran algo real y no puras imaginaciones, casi me deja sin respiración por la sorpresa. Hay un hecho que resulta curioso: cuanto más oyes hablar de una cosa o de una persona magnífica y grandiosa, más etérea se te vuelve, podríamos decir, tornándose en una gran figura tenue y temblorosa, sin nada de solidez, hecha de luz de luna. Eso es lo que sucede con George Washington y las Pirámides.

Aparte de eso, las cosas que siempre se han dicho sobre ellas me parecían exageraciones. Había por ahí un tipo que tenía una pintura de ellas y que vino a la escuela dominical una vez para echar un discurso. Nos dijo que la mayor de las Pirámides tenía una extensión de cinco hectáreas, y que medía más de ciento cincuenta metros de altura, como si fuese una montaña empinada, construida toda ella con trozos de piedras tan grandes como una cómoda, y levantada en escalones perfectamente regulares, como peldaños de escalera. Cinco hectáreas, ¿sabéis?, tan sólo para una de ellas, es una granja. Si yo no hubiese estado en una escuela dominical, habría creído que aquello era una mentira; fuera de la escuela, estaba seguro de que lo era. También dijo que había un agujero en la Pirámide, y que se podía descender hasta allí con ayuda de unas velas, y luego recorrerla por un largo túnel inclinado, hasta llegar a un gran salón situado en el estómago de aquella gran montaña de piedra, y que allí se podía encontrar un gran ataúd de piedra, con un rey dentro, que tenía unos cuatro mil años de edad. Entonces, me dije a mí mismo, que si esa historia no era mentira y llegaban a descubrirlo, me comería a ese rey, pues ni siquiera Matusalén fue tan viejo, y además tampoco nadie le había reclamado.

En cuanto nos acercamos un poco más, vimos cómo la arena amarilla terminaba en un borde largo y tieso como una manta y que se unía, borde con borde, con un amplio campo de color verde brillante, el cual era atravesado a su vez por una cuerda serpenteante y torcida que, según decía Tom, era el Nilo. Aquello hizo que mi corazón saltase de alegría otra vez, pues el Nilo era otra de las cosas que, para mí, tampoco eran reales. Ahora bien, os puedo contar una cosa absolutamente cierta: si os ponéis a tontear a lo largo de miles de kilómetros de arena resplandeciente por el sol, que hace que vuestros ojos se llenen de lágrimas sólo de mirarla, y si habéis estado haciéndolo durante más de una semana, el campo verde os hará sentir como en casa y en la gloria de tal manera que los ojos se os llenarán de lágrimas otra vez. Al menos, eso me pasaba a mí, y también a Jim.

Y cuando Jim pudo creer que era la tierra de Egipto la que estaba viendo, no pudo resistir seguir mirándola de pie, sino que se puso de rodillas y se quitó el sombrero, porque decía que un pobre y humilde negro no era digno de llegar hasta allí, si no era en esa posición, ya que se trataba de una tierra en donde habían estado tantos profetas como Moisés, José y Faraón. Jim era presbiteriano, y tenía mucho respeto por Moisés, que también era presbiteriano, según decía él. Estaba tan conmocionado, que dijo:

—¡Es la tierra de Egito, la tierra de Egito, y estoy viéndola con mi propioj ojo! Y allí está el río que se volvió sangre, y estoy mirando la misma tierra en donde fueron enviada la plaga, y loj piojo, laj ranaj, y la langostaj, el graniso, y el sitio en donde marcaron las jambas de las puertaj, y el ángel del Señó vino en la oscuridá de la noche a asesiná a todos los resién nasíos de la tierra de Egito. ¡El viejo Jim no es dino de vé este día!

Entonces perdió el control y se puso a llorar, de tan agradecido como estaba. Así que, entre Tom y él hubo una gran charla: Jim estaba muy entusiasmado porque la tierra estaba tan llena de historia —José y sus hermanos, Moisés entre los juncos, Jacob llegando a Egipto a comprar maíz, la copa de plata en el saco, todas cosas muy interesantes—, y Tom estaba igualmente entusiasmado porque la tierra estaba repleta de historias que iban bien con él —Nuredín, Bedredín y otros gigantes monstruosos, que hacían que el pelo de Jim se erizara—. También nos habló de otros personajes de Las mil y una noches, los cuales probablemente, creo yo, no hicieron ni la mitad de las cosas que se dice de ellos.

Luego nos llevamos una gran desilusión, pues se levantó una de esas nieblas matutinas, y no servía de nada volar por encima de ella, ya que podríamos alejarnos de Egipto, por lo que acordamos que lo mejor sería permanecer justo por encima del lugar en donde las Pirámides se veían como manchas borrosas, y luego dejarnos caer suavemente, permaneciendo muy cerca del suelo para no perderlas de vista. Tom se hizo con el timón, yo permanecí cerca para echar el ancla, y Jim se montó a caballo de la proa para escudriñar a través de la niebla y vigilar por si había algún peligro más adelante. Fuimos a un ritmo constante, no demasiado rápido, y la niebla se iba haciendo cada vez más espesa, tan sólida que Jim se veía borroso, desdibujado y humeante a través de ella. Todo estaba espantosamente inmóvil, nosotros estábamos ansiosos y hablábamos bajito. Al poco rato, Jim dijo:

—¡Súbelo un poco, amo Tom, súbelo un poco!

Y Tom lo elevó unos pocos metros, y nos deslizamos sobre una cabaña de barro con el techo muy plano, en la que había gente que había estado durmiendo, y que ahora comenzaba a despertarse, a estirarse y a bostezar; incluso había uno que se había puesto de pie para estirarse y bostezar mejor, y nosotros pasamos volando, le silbamos por la espalda y le arrojamos al suelo. Al cabo de un rato, cerca de una hora, cuando todo estaba completamente tranquilo y nosotros aguzábamos los oídos rastreando cualquier sonido, conteniendo nuestra respiración, la niebla se disipó un poquito, y de repente Jim gritó con un susto espantoso:

—¡Oh, por el amó de Dió, retrosede, amo Tom, allí está el gigante de laj Mil y una noche y viene a po nosotro!

Y, diciendo esto, pegó un salto hacia atrás en el globo.

Tom pegó un frenazo, y disminuimos la velocidad hasta quedarnos quietos. Entonces, el rostro de un hombre, grande como nuestra casa en América, se asomó por la borda como alguien que mira a través de la ventana de su casa, y yo me tumbé y me morí. Debí estar completamente muerto durante un minuto, o tal vez más; luego me repuse y vi que Tom había incrustado el ancla del globo en el labio superior del gigante y mantenía quieta la nave, mientras inclinaba la cabeza y contemplaba largamente aquella espantosa cara.

Jim estaba de rodillas apretando las manos, mirando a la cosa con gesto suplicante, moviendo los labios pero sin poder articular palabra. Yo tan sólo eché una ojeada, y ya estaba marchitándome de nuevo, cuando Tom dijo:

—¡No está viva, bobalicones! ¡Es la Esfinge!

Nunca había visto a Tom parecer tan pequeñito como una mosca; y eso era, porque la cabeza de la Esfinge era tan enorme y atroz. Atroz, sí, eso es lo que era, pero ya no resultaba espantosa, pues se trataba de un rostro noble y un poco triste, y parecía que no estaba pensando en ti, sino en otras cosas lejanas. Era de piedra, de piedra rojiza, con la nariz y las orejas maltrechas. Parecía como si la hubiesen tratado mal, y te sentías triste por eso.

Nos detuvimos un poco, volando por los alrededores, y nos parecía grandiosa. Tal vez su cabeza era la de un hombre, o quizá la de una mujer; su cuerpo era el de un tigre de unos treinta y ocho metros de largo, y tenía también un primoroso y pequeño templo en medio de las garras de adelante. Toda la Esfinge, salvo la cabeza, había estado enterrada en la arena durante cientos, tal vez miles de años; sin embargo recientemente habían desenterrado la entrada al pequeño templo. Debía haberse necesitado muchísima arena para tapar a aquella criatura; quizá la misma cantidad que llevaría enterrar un barco de vapor, o por lo menos eso me parecía a mí.

Descendimos a Jim sobre la cabeza de la Esfinge, con una bandera americana a modo de protección, ya que se trataba de un país extranjero, y nosotros nos fuimos a volar por aquí y por allá, para obtener mejores perspectivas, efectos y proporciones, según decía Tom. Jim hacía lo propio, interviniendo de la mejor manera posible para que Tom pudiese estudiarlo, valiéndose para ello de las más diversas posiciones y actitudes: la mejor postura era la de colocarse cabeza abajo y mover las piernas como si fuese una rana. Cuanto más nos alejábamos, más pequeño se volvía Jim, y más grande la Esfinge, hasta que por fin podría decirse que nuestro amigo no parecía más que un imperdible de la ropa en lo alto de una cúpula. Ésa era la mejor manera de poner de manifiesto las proporciones correctas, decía Tom; decía también que los negros de Julio César no sabían lo grande que era, porque estaban muy cerca de ella.

Navegamos cada vez más lejos, hasta perder de vista a Jim por completo, y entonces aquella figura se nos mostró en toda su majestuosidad. Se veía tan quieta, solitaria y solemne cuando la contemplábamos sobre el valle del Nilo, que todas las pequeñas y viejas cabañas junto con las demás cosas que se encontraban desparramadas por los alrededores desaparecían completamente, sin dejar nada más que un amplio y suave terciopelo amarillo formado por la arena.

Aquél era un buen sitio para detenerse, y así lo hicimos. Permanecimos allí sentados, contemplando la escena y pensando durante media hora. Nadie decía nada, nos hacía sentir tranquilos y solemnes el hecho de recordar que la Esfinge había estado contemplando el valle del mismo modo, abismándose en sus terribles pensamientos durante miles de años, sin que nadie, hasta nuestros días, haya podido saber cuáles eran.

Por fin cogí los prismáticos y vi que se acercaban unas cositas negras moviéndose sobre la alfombra de terciopelo, otras iban trepando por la espalda de la Esfinge, y un poco más tarde vi dos o tres pequeñísimas bocanadas de humo blanco. Tom quiso mirar, y luego dijo:

—Son bichos. No…, espera. ¡Vaya! Creo que son hombres. Sí, son hombres…, hombres y caballos, las dos cosas. Están arrastrando una escalera y apoyándola en la espalda de la Esfinge…, ¿no es raro? Ahora están intentando levantar una… Allí hay algunas bocanadas más de humo… ¡son pistolas! ¡Huck, van a por Jim!

Pusimos el globo a toda marcha, y nos lanzamos sobre ellos con la velocidad del rayo. No teníamos tiempo que perder, bajamos como un zumbido sobre ellos, y los hombres se desparramaron en todas direcciones, y otros que estaban trepando por la escalera en pos de Jim se soltaron y cayeron rodando. Entonces remontamos vuelo y fuimos a recoger a Jim, que se encontraba en la cabeza de la esfinge, jadeando y hecho polvo, en parte debido a haber aullado pidiendo socorro, y en parte porque estaba muerto de miedo. Había estado soportando el asedio durante mucho tiempo, toda una semana según él, pero no era verdad, sólo se lo parecía pues había estado rodeado. Le habían disparado, y había caído una lluvia de balas sobre él, pero no habían acertado a darle, y cuando se dieron cuenta de que no se pondría de pie, y que las balas no le darían mientras permaneciese tumbado, fueron a buscar la escalera, y entonces supo que estaba acabado si no volvíamos pronto a buscarle. Tom estaba muy enfadado y le preguntó por qué no había hecho flamear la bandera y ordenado la rendición en nombre de los Estados Unidos. Jim dijo que lo había hecho, pero que nadie le prestó la menor atención. Tom dijo que llevaría el caso a Washington para que lo investigaran, y le dijo:

—Verás cómo tendrán que disculparse por insultar nuestra bandera, y pagar también una indemnización, aunque se hubiesen rendido fácilmente.

Jim le preguntó:

—¿Qué es una indenisasión, amo Tom?

—Dinero en efectivo, eso es lo que es.

—¿Y a quién se lo darían?

—A nosotros, claro.

—¿Y quién se llevaría las disculpas?

—Los Estados Unidos. O… bueno, nosotros podemos elegir lo que nos plazca. Podemos quedarnos con las disculpas y que el gobierno se lleve el dinero.

—¿Cuánto dinero sería eso, amo Tom?

—Bueno, en un caso grave como éste, nos tocarían por lo menos unos tres dólares a cada uno.

—Güeno, pues entonse noj quedamo con el dinero, amo Tom, y dejamo la disculpa, ¿no te parese, amo Tom? ¿No es ésa tu idea también, Huck?

Discutimos sobre el asunto durante un ratito, y estuvimos de acuerdo en que cualquiera de las dos cosas estaría bien, de así que decidimos quedarnos con el dinero. Aquél era un tema nuevo para mí, y pregunté a Tom si los países siempre se disculpaban cuando hacían algo mal, y él me contestó:

—Sí, los países pequeños siempre lo hacen.

Continuamos volando y examinando las Pirámides, y luego nos elevamos hasta llegar a la cumbre de la más grande de todas, y nos encontramos con que era exactamente igual a como nos la había descrito el hombre de la escuela dominical. Era como cuatro escaleras que comenzaban muy anchas por la parte inferior, y luego se elevaban hasta tocarse en un punto en la cumbre. Pero no podías subir esas escaleras lo mismo que subes otras escaleras, no: cada escalón era tan alto como desde el suelo hasta tu barbilla, de manera que tenían que alzarte por la espalda. Las otras dos Pirámides no estaban muy lejos de allí, y la gente que caminaba entre ellas parecían bichos arrastrándose por la arena, desde la altura en que nosotros los veíamos.

Tom no podía contenerse de alegría y asombro por estar en un sitio tan célebre, y le salían historias hasta por los poros, o al menos, eso era lo que a mí me parecía. Dijo que apenas podía creer que estuviera situado exactamente en el mismo punto en que el príncipe voló desde el Caballo de Bronce. Ése era otro cuento de Las mil y una noches, decía él. Alguien había dado un Caballo de Bronce a un príncipe, con una clavija en el hombro, al cual él podía montar como si de un pájaro se tratase, y recorrer todo el mundo dirigiéndolo mediante la clavija; así podía volar más alto o más bajo y también aterrizar donde quisiera

Cuando acabó de contar la historia, sobrevino uno de aquellos incómodos silencios, ya sabéis, cuando descubrís que una persona ha estado contándoos una tremenda trola y entonces queréis cambiar de tema para suavizarle ese difícil trago, pero de repente os atascáis y no veis la salida, y antes de que podáis recobrar la compostura y hacer algo, ese silencio ha penetrado en vosotros y os invade, obrando por sí mismo. Yo estaba avergonzado, Jim estaba avergonzado, y ninguno de nosotros atinaba a decir una sola palabra. Entonces Tom, con el ceño fruncido, me miró durante un minuto y me preguntó:

—Venga, dilo ya. ¿Qué piensas?

Yo le contesté:

—Tom Sawyer, eso no te lo crees ni tú.

—¿Por qué no? ¿Qué es lo que me impediría hacerlo?

—Sólo una cosa: es imposible que haya ocurrido. Eso es todo.

—¿Por qué motivo no puede haber sucedido?

—Dime tú un motivo por el que sí haya sucedido.

—Este globo es una buena razón por la que sí podría haber pasado, me parece a mí.

—¿Por qué ha de serlo?

—¿Por qué ha de serlo? Nunca he visto semejante mentecato. ¿Es que no ves que este globo y el Caballo de Bronce son la misma cosa bajo nombres diferentes?

—No, no lo son. Uno es un globo, y el otro es un caballo. Lo que te falta decir ahora, es que una casa y una vaca son la misma cosa.

—¡Por Jackson! ¡Huck lo ha pillao de nuevo! ¡No podrá escaparse desa!

—Cállate ya, Jim; no sabes lo que dices, ni tampoco Huck. Mira Huck, te lo pondré fácil, para que puedas entender. No es la forma lo que tiene que ver con que sea similar o disímil, es el principio involucrado; y el principio es el mismo en ambos. ¿Lo entiendes ahora?

Di vueltas a aquello durante un rato en mi cabeza, y luego dije:

—Tom, no sirve. Los principios están muy bien todos ellos, pero no tienen que ver con la cuestión más importante, que es que un globo no es ninguna prueba de lo que un caballo puede hacer.

—¡Recórcholis, Huck! No coges la idea en absoluto. Ahora bien, escucha un minuto, es sumamente sencillo. ¿No volamos nosotros por el aire?

—Sí.

—Muy bien. ¿No es verdad que volamos más alto o más bajo, tanto como deseemos?

—Sí.

—¿No dirigimos el globo adónde nos plazca?

—Sí.

—¿No lo aterrizamos en dónde queremos?

—Sí.

—¿Cómo dirigimos y movemos el globo?

—Tocando unos botones.

—Bueno, ahora veo que tienes el tema absolutamente claro por fin. En el caso del Caballo, la dirección y el movimiento estaban ocasionados por una clavija. Nosotros tocamos un botón, el príncipe daba vueltas a una clavija. No hay siquiera un átomo de diferencia, ¿lo ves? Sabía que podría metértelo en la cabeza, si lo intentaba el tiempo suficiente.

Tom estaba tan contento que se puso a silbar. Pero Jim y yo permanecíamos silenciosos, así que se interrumpió, muy sorprendido, y dijo:

—¡Eh, un momento, Huck! ¿Es que todavía no lo coges?

Yo le contesté:

—Tom Sawyer, quiero hacerte algunas preguntas.

—Sigue —dijo él, y entonces vi que Jim se dispuso a atender.

—Según yo lo entiendo, la cosa está entre los botones y la clavija, y el resto carece de importancia. Un botón es de una forma, una clavija es de otro: ¿Importa eso acaso?

—No, eso no importa, siempre que ambas tengan el mismo poder.

—Muy bien entonces. ¿Cuál es el poder que tienen una vela y una cerilla?

—El fuego.

—Ambas cosas lo tienen, ¿verdad?

—Sí, el fuego lo tienen ambas cosas.

—Muy bien. Supongamos que prendo fuego a una carpintería con una cerilla: ¿Qué le pasaría a esa carpintería?

—Se incendiaría por completo.

—Y supongamos que prendo fuego a esta Pirámide con una vela, ¿se incendiaría también?

—Claro que no.

—Muy bien. El fuego es el mismo en ambas veces. ¿Por qué se incendiaría la carpintería y no la Pirámide?

—Pues, porque una pirámide no puede arder.

—¡Ajá! Y un caballo no puede volar.

—¡Demonio, Huck lo ha pillao otra vé! ¡Huck lo ha estrellao bien contra el suelo esta vé, no te digo! Ej el tío má listo que se pasea por ahí…, y si yo…

Pero Jim estaba tan muerto de risa que se atragantó y no pudo seguir, y Tom estaba tan furioso al ver de qué modo tan impecable yo lo había hecho quedar por los suelos, y cómo había utilizado sus mismos argumentos en su contra dejándolos reducidos a meras trizas, que todo lo que pudo decir fue que cada vez que nos oía a Jim o a mí intentando discutir se avergonzaba del género humano. Yo no dije nada, ya estaba bastante contento. Cada vez que logro salirme con la mía de ese modo, no me gusta andar pavoneándome por ahí como mucha gente suele hacer, pues me parece que, de estar yo en su lugar, no me gustaría que él anduviese pavoneándose tampoco. Es mejor ser generoso, eso es lo que yo pienso.

Capítulo 13

Tras la pipa de Tom

Al cabo de poco rato dejamos a Jim volando por allí, en la vecindad de las Pirámides, y nosotros descendimos por el agujero que nos conducía al túnel, y entramos junto con unos árabes, llevando algunas lámparas. Más adentro, en medio de la Pirámide, encontramos la gran caja de piedra en donde solía estar el rey, tal como nos lo había dicho el hombre en la escuela dominical, sólo que ahora no estaba, alguien se lo había llevado. Sin embargo, yo no tenía demasiado interés en el lugar, porque tal vez hubiera fantasmas allí, no muy recientes, claro, pero aquello no me gustaba un pelo.

Así que, cuando salimos, cogimos unos burritos y paseamos un rato, luego dimos un paseo en bote, más tarde montamos de nuevo en los burros, y nos fuimos al Cairo; el camino era el más suave y hermoso que yo haya visto nunca, había palmeras de dátiles muy altas a cada lado, y niños desnudos por todas partes; los hombres tenían la piel rojiza como el cobre, y eran elegantes, fuertes y apuestos. La ciudad en sí misma era una curiosidad. Las calles eran muy estrechas…, bueno, en realidad eran callejones, atestados de gente con turbantes en la cabeza, mujeres con velos, y todo el mundo ataviado con ropas de variados y brillantes colores. Uno se preguntaba cómo los camellos y la gente podían pasar por callejuelas tan estrechas; pero lo hacían…, todo era un jaleo tremendo, ¿sabéis?, y todo el mundo hacía ruido. Las tiendas no eran lo suficientemente grandes como para poder darse la vuelta en ellas; el tendero tenía trajes de moda en el mostrador, y fumaba su larga y serpenteante pipa cuidando de tener, al alcance de la mano las cosas que pudiese vender. Se encontraba muy cómodo en la calle, en donde se daba de encontronazos con los cargamentos de los camellos al pasar por su lado.

De cuando en cuando alguien importante pasaba a toda velocidad en un carruaje, con hombres elegantemente vestidos gritando y corriendo delante de él, aporreando con una vara muy larga a todo el que no se apartase del camino. Al cabo de un rato, pasó el Sultán a lomos de un caballo al frente de la procesión, y sus ropajes eran tan magníficos que casi te quitaban la respiración. Todo el mundo se tumbaba boca abajo al verle pasar. Yo me había olvidado de eso, pero un hombre me lo recordó: era el que tenía la vara y corría por delante del Sultán.

También vimos algunas iglesias, pero no santifican el Domingo: santifican el Viernes y se toman el Sábado para descansar. Había una multitud de hombres y muchachos en la iglesia, sentados en grupos sobre el suelo de piedra, haciendo toda clase de ruidos interminables…, aprendiendo a conciencia sus lecciones del Corán, decía Tom, que para ellos es como la Biblia, y la gente que lo conoce lo mejor sabe lo suficiente como para decir que no sabe. Nunca había visto una iglesia tan grande en toda mi vida, era terriblemente alta también; el mirar hacia arriba hacía que te sintieses mareado; la iglesia de nuestro pueblo no tenía nada que hacer comparada con aquélla; si la trasladasen hasta aquí, la gente creería que se trataba de un puesto de comestibles.

Lo que yo quería ver era un derviche, pues comencé a interesarme por ellos desde la historia del camellero. Así que encontramos muchísimos en la iglesia, y se llamaban a sí mismos Derviches Giradores; y ya lo creo que giraban, nunca había visto nada igual: llevaban un sombrero alto, en forma de pan de azúcar, y vestían enaguas de lino; y giraban, giraban y giraban, dando vueltas y más vueltas como trompos, las enaguas se les ponían tiesas e inclinadas; nunca había visto algo tan bonito, me emborrachaba sólo con mirarlos. Todos eran musulmanes, decía Tom, y cuando le pregunté qué era un musulmán, me contestó que era alguien que no era presbiteriano. Así que debe de haber muchos en Missouri, aunque yo no lo hubiera sabido hasta entonces.

No alcanzamos a ver ni la mitad de las cosas que había para descubrir en el Cairo, pues Tom estaba ansioso por ver sitios célebres de la historia. Me aburrí muchísimo cuando intentamos encontrar el granero en donde José había guardado el trigo antes de la hambruna, y cuando lo hallamos, no resultó para tanto, ya que era una ruina vieja. Pero Tom se quedó satisfecho, y armaba tanto jaleo que era peor que el que yo podría haber armado de haber pisado un clavo. Cómo se las apañaba para encontrar los lugares históricos, era demasiado misterioso para mí. Podríamos pasar de largo por cuarenta sitios similares y, para mí, cualquiera podría haber sido el que buscábamos pero para Tom no: sólo podía ser uno. Nunca he visto a nadie más exigente que Tom. Al instante de haber dado con el sitio que estábamos buscando, lo reconocía tan fácilmente como yo hubiese reconocido mi otra camisa, de haberla tenido. Cómo lo hacía, era algo que no podía explicarlo mejor que cómo hacer para poder volar; de ese modo se lo decía a sí mismo.

Luego estuvimos rastreando durante mucho tiempo la casa en donde vivía el muchacho que había enseñado al cadí cómo resolver el caso de las aceitunas viejas y las nuevas, y Tom me dijo que ése era otro cuento de Las mil y una noches, y que ya nos lo contaría a Jim y a mí en cuanto tuviera tiempo. Así que estuvimos buscando y buscando, hasta que yo estaba a punto de caer rendido, y lo único que quería era que Tom se diese por vencido y regresáramos al día siguiente, consiguiéramos a alguien que hablara la lengua de Missouri y que incluso conociera el pueblo y nos llevase al sitio, sin dar más rodeos. Pero no: él quería encontrarlo por sí mismo, y ya no había más que decir. Así que seguimos buscando. Entonces, ocurrió el hecho más notable que yo he visto. La casa no estaba —había desaparecido hacía cientos de años —, cada última traza de ella había desaparecido, todas menos un sólo ladrillo de adobe. Ahora bien, nadie podría creer jamás que un muchacho de las afueras de Missouri, que nunca antes había estado en aquel pueblo, pudiese recorrerlo todo y encontrar aquel ladrillo, pero Tom Sawyer lo hizo. Sé que lo hizo porque yo mismo le he visto hacerlo. Estaba a su lado en el mismísimo momento en que le vi encontrar el ladrillo y reconocerlo. Así que me dije a mí mismo: ¿Cómo lo hace? ¿Se trata de conocimiento o de instinto?

Pues bien, aquí van los hechos tal como acontecieron: que cualquiera se lo explique a su manera. Estuve pensándolo durante un largo rato y, en mi opinión, se trata de conocimiento, pero la parte más importante es el instinto. La razón sería ésta: Tom se metió el ladrillo en el bolsillo para donárselo a un museo junto con su nombre y un relato de los hechos, al volver a casa. Pero yo se lo quité sigilosamente y coloqué en su sitio otro ladrillo muy parecido, y él no notó la diferencia…, pero ¿sabéis?, había una diferencia. Yo creo que eso lo explica todo: se trataba mayormente de instinto, no de conocimiento. El instinto le dice el sitio exacto en donde se encontrará el ladrillo, entonces él lo reconoce cuando llega al lugar, por el sitio en donde se encuentra, no por la visión del ladrillo. Si estuviésemos hablando de conocimiento y no de instinto, reconocería al ladrillo al verlo de nuevo la próxima vez, lo cual es algo que no hizo. Así que todo lo que oís sobre las maravillas del conocimiento es superado cuarenta veces por el instinto a causa de su natural infalibilidad. Jim dice lo mismo.

Cuando regresamos, Jim descendió y nosotros subimos al globo. Allí nos encontramos con un hombre joven, que tenía un casquete rojo con una borla, una hermosa chaqueta de seda azul y pantalones muy amplios, con un chal atado alrededor de su cintura, en el cual llevaba enganchadas también algunas pistolas. Hablaba inglés, y nos dijo que deseaba que le tomásemos como guía para llevarnos a La Meca, Medina y África Central, y también a cualquier otro sitio por medio dólar al día y su manutención. Así que le contratamos, reemprendimos la marcha del globo y nos fuimos, y para cuando llegó la hora de cenar, nos encontrábamos en el sitio en donde los israelitas cruzaron el Mar Rojo al ser perseguidos por el faraón. Al cruzar este último, el mar se cerró sobre su gente y perecieron a merced de las aguas. Allí nos detuvimos y echamos un buen vistazo al lugar. A Jim le hizo mucha ilusión poder mirarlo.

Dijo que ahora lo veía todo tal como había sucedido; podía ver a los israelitas caminando entre las paredes de agua del mar, y a los egipcios corriendo tras ellos, dándose toda la prisa posible. Podía ver cómo los egipcios llegaban hasta el mar, cuando los otros salían, y entonces, cuando ya estaban todos dentro, las paredes de agua se cerraban y ahogaban así hasta el último de los hombres del faraón. Luego encendimos de nuevo el globo y salimos pitando hasta llegar al Monte Sinaí; entonces vimos el sitio en donde Moisés rompió las tablas de piedra, y donde los hijos de Israel acamparon en las llanuras, y adoraron al becerro de oro. Todo aquello era la mar de interesante, y el guía conocía cada lugar tan bien como yo podía conocer mi pueblo en América.

Pero tuvimos un accidente, y aquello nos arruinó todos los planes: La vieja pipa hecha de mazorca de maíz de Tom se había gastado tanto, estaba tan hinchada y alabeada, que ya no se podía sostener más, las cuerdas y tiras se habían roto todas y había quedado hecha trizas. Tom dijo que no sabía qué hacer. La pipa del profesor tampoco le servía, pues era un verdadero desastre; además si uno se ha acostumbrado a la pipa de mazorca de maíz, sabe que es muchísimo mejor que cualquier otra pipa del mundo y que no puede fumar en ninguna otra. Tampoco podía fumar en la mía, no pude persuadirle de hacerlo. Así estaban las cosas.

Se lo pensó varias veces, y dijo que debíamos volver para ver si podíamos conseguir una en Egipto o en Arabia o en algún país de los alrededores, pero el guía dijo que no, que no serviría de nada, que por allí no las tendrían. Así que Tom se sintió muy triste durante un ratito, pero luego volvió a alegrarse, pues se le había ocurrido una idea genial. Entonces dijo:

—Tengo otra pipa de maíz, y además está en muy buenas condiciones, es casi nueva. Está en la viga de la estufa de la cocina de mi casa, en el pueblo. Jim, coge al guía y vete a buscarla. Huck y yo acamparemos en el monte Sinaí, hasta que regreses.

—Pero, amo Tom, nunca podríamoj encontrar el pueblo. Podría encontrar la pipa, porque conoco la cosina, pero ¡demonio!, nunca podríamoj encontrar el pueblo, ni St. Louis, ni ninguno de eso lugare. No conosemoj el camino, amo Tom.

Así estaban las cosas, y aquello dejó perplejo a Tom durante otro minuto. Luego dijo:

—A ver, seguro que puede hacerse; y yo te diré cómo: Coges el compás y navegas en dirección Oeste a la velocidad del rayo, hasta que te encuentres con los Estados Unidos. No puede haber ningún problema, porque es la primera tierra con la que te vas a encontrar al otro lado del Atlántico. Si todavía es de día cuando llegues, entonces te diriges derecho hasta la costa oeste de Florida, y en una hora y tres cuartos llegarás a la desembocadura del Misisipi…, a la velocidad que ya te indicaré. Estarás tan alto en el cielo, que la tierra se te curvará considerablemente…, como si fuera una batea dada vuelta boca abajo; entonces verás un montón de ríos arrastrándose por los alrededores, mucho antes de que llegues allí, así que podrás encontrar el Misisipi sin ningún problema. Luego sigues el río en dirección norte durante otra hora y tres cuartos y verás Ohio; luego tienes que mirar bien, porque ya te estás acercando. Más adelante, a tu izquierda, verás otra hebra que se acerca: ése es el Missouri, y se encuentra un poquito más arriba de St. Louis. Entonces disminuye la velocidad, para que puedas ir examinando los pueblos que se dispersan por el territorio. Pasarás cerca de unos veinticinco pueblos en los siguientes cincuenta minutos, y reconocerás el nuestro en cuanto lo veas: si no lo haces, no tienes más que gritar hacia abajo y preguntar.

—Si ej así de fásil, amo Tom, me parese que podremoj haserlo…, sí señó, sé que podremo.

El guía también estaba seguro de ello, y pensó que podría aprender a hacer su correspondiente guardia en poco tiempo.

—Jim, puedes aprender a manejarlo todo en media hora —le dijo Tom—. Este globo es tan fácil de dirigir como una canoa.

Tom extrajo una carta de navegación y señaló el recorrido. Luego lo midió, y dijo:

—Éste es el camino más corto en dirección al Oeste, ¿lo ves? Está a sólo once mil kilómetros. Si fueras hacia el Este, dando toda la vuelta, sería el doble de distancia.

Entonces, dirigiéndose al guía, dijo:

—Quiero que ambos vigiléis el cataviento durante todas las guardias, y cada vez que marque más de cuatrocientos kilómetros por hora subiréis o bajaréis hasta encontraros con una corriente atmosférica que os empuje en vuestra dirección. Aun sin viento a favor, este globo puede alcanzar esa velocidad. Podréis encontrar tormentas de trescientos por hora, cada vez que queráis rastrearlas.

—Las rastrearemos, señor.

—Procurad hacerlo. Algunas veces tendréis que subir un poco, y hará un frío atroz, pero la mayoría de las veces encontraréis la tormenta mucho más abajo. Si podéis encontrar un ciclón…, ¡ése será vuestro billete de vuelta! En los libros del profesor podréis comprobar que hay muchos que viajan en esas latitudes, y también lo hacen bastante más abajo.

Entonces se dio una idea del tiempo que les llevaría hacer la travesía y dijo:

—Once mil kilómetros, a cuatrocientos kilómetros por hora…, podríais hacer el viaje en un día…, veinticuatro horas o poco más. Hoy es jueves; estaréis de vuelta para el sábado por la tarde. Venga, ahora dejadnos unas mantas, comida, libros y cosas para Huck y para mí, y ya podéis marcharos. No perdáis el tiempo tonteando: quiero fumar un rato, y cuanto más rápido vayáis a buscar la pipa, mejor será.

Todos pusieron manos a la obra y en ocho minutos el globo estaba listo para marcharse a América. Así que nos estrechamos la manos y nos dijimos adiós, y Tom dio las últimas órdenes:

—Ahora son las dos menos diez, según la hora del Monte Sinaí. En veinticuatro horas estaréis en casa: allí serán las seis de la mañana, según la hora del pueblo. Cuando lleguéis al pueblo, aterrizad un poquito más atrás de la cumbre de la colina, en el bosque, fuera del alcance de la vista de todos; entonces Jim, te bajas corriendo, llevas estas cartas a la oficina de correos, y procura que nadie esté dando vueltas por allí, y tápate la cara para que no te vean. Entonces te vas hasta la cocina de casa, coges la pipa, dejas este papel sobre la mesa de la cocina —ponle algo encima para que no se vuele—, y luego vete sigilosamente manteniéndote fuera de la vista de la Tía Polly y de todos los demás. Entonces te subes de un salto al globo y pones rumbo al

Monte Sinaí, a la misma velocidad. No habrás perdido más de una hora. Podrás emprender el regreso a eso de las siete u ocho de la mañana, según la hora del pueblo, y estar de vuelta aquí en veinticuatro horas, para llegar a las dos o tres de la mañana, según la hora del Monte Sinaí.

Tom nos leyó el papel que había escrito para dejar encima de la mesa:

MARTES POR LA TARDE. Tom Sawyer, el eronauta, envía su cariño a su tía Polly desde el Monte Sinaí, en donde estuvo el Arca. Huck Finn también. Este mensaje le llegará mañana por la mañana a las seis y media.

Tom Sawyer, el eronauta.

—Esto hará que los ojos se le pongan como platos, y se le llenen de lágrimas —dijo Tom. Luego agregó—: ¡Listos! Uno…, dos…, tres…, ¡fuera!

Y allá se marcharon. ¡Vaya! El globo quedó fuera de nuestra vista en un segundo.

Tom y yo encontramos una cueva de lo más cómodo, que miraba a la gran llanura, y allí acampamos esperando la pipa.

El globo estuvo de vuelta muy pronto, con la pipa; pero la Tía Polly había pescado a Jim cuando se estaba subiendo al globo, y todo el mundo puede imaginarse lo que ocurrió: envió a buscar a Tom. Así que Jim dijo:

—Amo Tom, 'stá fuera en el porche, con la vista fija en el sielo, esperándote, y no se moverá de allí hasta que te ponga la manoj ensima. Va'habé poblema, amo Tom, claro que sí.

Así que nos largamos a casa. Nadie se sentía demasiado alegre: nadie.